背影

Good Old days

渐行渐远的国企老职工

余信红◎著

中国工人出版社

图书在版编目（CIP）数据

背影：渐行渐远的国企老职工 / 余信红编著. —北京：中国工人出版社，2015.3
ISBN 978-7-5008-6083-9

Ⅰ. ①背… Ⅱ. ①余… Ⅲ. ①报告文学—作品集—中国—当代 Ⅳ. ①I25

中国版本图书馆CIP数据核字（2015）第051245号

背影——渐行渐远的国企老职工

出 版 人	李庆堂
责任编辑	罗荣波
责任校对	孙酒伟
责任印制	栾征宇
出版发行	中国工人出版社
地　　址	北京市东城区鼓楼外大街45号　邮编：100120
网　　址	http://www.wp-china.com
电　　话	（010）62350006（总编室）　（010）62005039（出版物流部） （010）82075935（工会与劳动关系分社）
发行热线	（010）62004002　（010）82081553（传真）
经　　销	各地书店
印　　刷	北京市密东印刷有限公司
开　　本	710毫米×1000毫米　1/16
印　　张	12
字　　数	140千字
版　　次	2015年4月第1版　2015年4月第1次印刷
定　　价	38.00元

谨以此书献给我亲爱的工人兄弟

目 录

第四章 工厂里的“兵”

第五章 工厂、工人与工资

第六章 转型漩涡中的国企工人

第一章

国企是怎么来的

一、从王老吉说国企起源

有一段时间一打开视频，就可以见到一则广告：一个老人称自己是“王老吉”创始人王泽邦的后人，要把自己拥有的“王老吉”凉茶祖传秘方授予加多宝。这是前几年闹得沸沸扬扬的王老吉与加多宝凉茶商标之争的余波，官司的最后判决是以广药集团收回王老吉商标而胜诉，因此，这个广告是否合法也还是存在一些疑问的。但因为广告回避了“商标”授予加多宝，而只是说“配方”给了加多宝，但是商标与配方是可以分离的吗？商标归一人所有，而配方可以又归另外一人所有吗，因此，事情就复杂起来。

王老吉后人曾经发表过一份《声明书》，《声明书》称：王氏家族从未将祖传秘方授予广药集团，广药集团所生产凉茶并非承袭王氏家族的祖传秘方。《声明书》说：我们的凉茶秘方世代相传近 200 年，一直由王老吉后人持有，并且第五代传人王健仪在香港沿用至今。制作凉茶的酿造工艺和生产流程自始至终都是由王老吉后人掌握，所以广药声称拥有王泽邦秘方的说法是不实之说。当有记者询问王氏家族祖传配方到底给了谁时，王老吉后人回答说：早在 1992 年，我就将这个祖传配方传授加多宝使用。请注意这个时间：“1992 年”，王老吉不是百年老店吗，难道 1992 年以前不生产吗？

因此，2013 年 3 月 28 日，在王老吉 185 周年纪念活动启动仪式后的媒体见面会上，广药集团副总经理倪依东拿出了 9 份公证材料，以证明从王老吉凉茶铺到后来的广药王老吉之间，历史关系是一脉相传的，认为无论是从王泽邦谱系传承上、还是合法性上，广药集团皆是王老吉凉茶的真正传承者。倪依东副总经理提供的材料中不但有王老吉后人的笔录，还有王老吉在广州的第四代传人的档案。同时，倪依东副总经理还展示了王氏族谱等公开资料，有力地说明了王老吉凉茶确实嫡传了王泽邦老先生凉茶的独家秘方和工艺。

倪依东表示：王老吉独家凉茶秘方不仅在谱系传承上无可争议，在法律上也是大陆唯一合法的继承者。“1956 年按照国家公私合营的要求，国家以赎买形式承接王老吉秘方、工艺、设备、员工等”。王老吉在大陆所有的权益都属于广药集团，广药集团有权根据经营需要进行商标注册等和王老吉相关的所有活动。“国内几乎所有的百年老字号的发展都经历了家族经营和国有经营两段分不开的历史”，百年老字号长寿的基因皆是因为在品质上的精益求精和在品牌上的传承创新，使其能跨越百年而依旧青春，实属不易！尊重历史、守护品牌是所有百年老字号能够稳健发展的基石，也是对老字号最大的厚爱。

以上材料里面有两句话对我们探讨国企的起源很有意义。一句是“1956 年按照国家公私合营的要求，国家以赎买形式承接王老吉秘方、工艺、设备、员工等”；还有一句是“国内几乎所有的百年老字号的发展都经历了家族经营和国有经营两段分不开的历史”。第一句话说的是社会主义改造，国家以赎买形式使民族资本成为了国营资本，民营企业转变成为国营（1993 年以后改称国有企业）企业；第二句话说的是社会主义改造的成果，民族资本的企业从原来的家族小店转变为拥有几亿到几百亿资产的大企业，这种情况在国内是多得不可胜数的。如果仅仅从这个方面来说，社会主义改造也是功不可没的。

然而，除了像王老吉这种通过国家赎买形式成为国营资本的企业以外，国营企业还包括没收的官僚资本主义企业与帝国主义在华企业，以及新中国成立后国家资本兴建的国营企业。以下分别对这三方面作一些考证。

1. 没收的官僚资本主义企业与帝国主义在华企业

1949 年中期，毛泽东曾焦虑地说：我们熟悉的东西有些快要闲起来了，我们不熟悉的东西正在强迫我们去做。这时候，中国共产党对沈阳的接收已经完成，而对天津、北平、上海等城市的接管工作刚刚展开。当然，这场“由农村进入城市”的巨大变革并非毫无征兆和事先计划。在 1945 年中共七大会议上，陈云在发言中说：同志们一到城市里面，千万不要把机器搞坏了，那时候机器是我们恢复经济的本钱。如果没有机器，我们驾驭城市就很困难。毛泽东在七大上做结论时说：搞大工业我们相当生疏，为什么这次大会提出“不要打烂机器”这一条呢？因为我们在这方面还没有知识。陈云同志讲，进了城市不要打烂机器，这就有一个学习问题，不学会还是要打烂的。1948 年 3 月，陈云提出：首先是掌握工业，加强工业的组织领导力量；要像动员 1.2 万名干部下乡搞土改那样，来配备和加强搞工业建设的干部。为此，当时东北局决定将东北局以及各省、地、县委的“民运部”一律改为“城市工作部”。城市工作部承担的一个重要任务，就是接管官僚资本的企业，并且迅速恢复生产，保证军需与民生。

说到国企的来历，我们先把目光投向北京——天安门城楼的国徽，它直径 2 米，熠熠闪光，庄严神圣。1948 年 11 月 2 日，解放军接管沈阳的同时接管了全部官僚资本的企业。当时的职工群众生产积极性空前高涨，工厂迅速掀起了生产建设高潮。1950 年国庆节前夕，沈阳第一机器制造厂（沈阳第一机床厂前身）接到了制作国徽的任务，完成之后于1951年“五一”国际劳动节之前，悬挂在了天安门城楼上。因为国徽是用铝、铜、锌合金等材质浇铸的，所以不会氧化，很结实，还轻巧，一直悬挂至今，见证了新中国66年的历史。国徽是中华人民共和国的标志，是国家尊严的象征，是民族精神的凝聚。这枚国徽经过第一届中国人民政治协商会议讨论通过，国徽的产生从设计到铸造，有从毛泽东、朱德、周恩来到梁思成、张仃、高庄，再到沈阳第一机器制造厂以焦百顺为首的新中国第一代工人群体为国徽的诞生所作的不懈努力。在此之后，沈阳第一机器制造厂陆续铸造出67枚国徽，悬挂在国家政府部门和一些省市机关。可以说，国营企业是与新中国形影相随的，而这些浇铸国徽的工人则成为了共和国历史上最早的国企产业工人之一。

东北地区拥有较强的工业基础，为新中国的解放事业和建设事业作出了杰出贡献，被誉为“共和国长子”，也是国营企业最早出现的地区。抗日战争胜利后，大连很快成为了中共实际控制下的大城市，也是解放战争时期的军工生产基地。当时，大连机械工厂是生产大炮弹药的第一生产厂。1949年9月，远东机械厂（后为大连起重机器厂）生产出第一台桥式起重机，起重量5吨，跨度19.5米，起重机横梁的标语上悬挂的是“中国共产党万岁”。

沈阳是1948年11月2日解放的，沈阳的解放标志着全东北都解放了，所以在和平广场附近立有一块东北解放纪念碑。早在日本投降前，市内有中型以上的工厂近1000家，包括机械、器具、纺织、金属工业、化学、玻璃、食品、造纸、印刷、烟草等轻重工业。以兵工厂、机车厂、机器厂等为代表的“八大厂”（兵工厂、汽车厂、机车厂、桥梁厂、炼钢厂、电器厂、橡胶厂、机器厂），有超过7万名的产业工人，连家属在内占据当时沈阳市总人口的1/3。沈阳铸造厂其前身为日本高砂制作所，始建于1939年。沈阳解放后，1949年4月，沈阳翻砂厂首先恢复了生产。1956年该厂定名为沈阳铸造厂。后来，该铸造厂成为亚洲最大的铸造厂，职工人数多时达5800人，年最大产量达38500吨。

总体而言，1949年新中国成立前夕，官僚资本约占中国全部工业资本的2/3，占全部工业、交通运输业固定资产的80%。它垄断了全国钢铁产量的90%，煤产量的33%，发电量的67%，石油和有色金属产量的100%，水泥产量的45%，纱锭产量的37.6%，织布机产量的60%，糖产量的90%。官僚资本控制的银行占全国银行资本总额的70%。在全国3489家银行中，为官僚资本控制的银行有2448家。铁路航运方面，官僚资本控制的铁路公路占比100%，轮船吨位占比45%以上，在商业方面有十几个全国性的大垄断组织。新中国建立之初，国家没收的官僚资本主义企业（包括工厂、矿山、铁路、邮政、轮船、银行、贸易机构）共2858个，生产工人有75万人。

新中国成立初期，全国共有帝国主义在华企业1192家，职工12.6万人，资产12.1亿元。这些企业被逐步地接收为国家所有。

以抚顺为例。抚顺以“煤都”闻名于世，抚顺的煤炭工业历史悠久，是全国乃至全世界最早发现和利用煤炭的地区之一。早在明代以前，就已有手工开采煤炭的历史。但到了清代，由于抚顺地近“三陵”（永陵、福陵、昭陵），清朝统治者深恐伤了“龙脉”，严禁在抚顺开采煤田。直到鸦片战争之后，清皇朝内外交困，国力日衰，财政奇绌，才不得不取消开发抚顺煤田的禁令。1901年，当时的民族资本家王承尧等人上书清政府，申请开发抚顺煤田，获得批准。王承尧筹集股银十万两，建立了华兴利煤矿公司，雇佣工人最多时达600多人；翁寿、朱化乐等人筹银4.5万两，建立了抚顺煤矿公司，从此揭开了近代抚顺煤矿开采的历史。后来，沙俄、日本相继霸占抚顺煤矿，生产规模进一步扩大，到1927年，全矿产业工人已由1907年的1143人发展到42179人，几乎是当时全中国煤矿工人（220260人）的1/5。

日本侵略者霸占抚顺煤矿，揭开了抚顺煤矿的血泪史。日本资本家为获取高额利润，用延长工人劳动时间和增加劳动强度等手段，名目繁多的条例和法规，对工人实施超经济剥削。抚顺煤矿工人最初劳动时间为每日11.5个小时，后来改为12小时，有时竟达16小时。在不改进设备条件下要求开采同等数量的煤炭，用工数量却不断减少，据“满铁”统计，每百吨煤用工人数，1908年为95.7个，1921年为89.1个，减少用工6.6个。从1905年到1944年，日本从抚顺掠夺了煤炭二亿二千三百万吨，生铁一千一百万吨，钢五百八十万吨，却留下了30多处“万人坑”，死亡的中国矿工在30万人以上。当时矿工中流传着这样一首民谣，述说着抚顺工人的苦难生活：

来到千金寨，就把铺盖卖。新的换旧的，旧的换麻袋。一条破麻袋，能铺不能盖。盖上前胸脯，露出两膝盖。北风冒烟雪，无米又无柴。天冷肚子饿，小鬼来讨债。冻死路边倒，阎王脚下踩。一把尸骨扔关外，悔不该来到千金寨。

抚顺解放后，煤矿收为国有，新中国第一桶油母页岩炼的油，第一吨煤，第一吨特殊钢，第一吨铝，第一台挖掘机，等等，都是来自抚顺。萧军曾经在《五月的矿山》里有这样的描绘：“这是中国人民底（的）宝藏，也是人民劳动光荣的标志——它是曾被付出过可观的劳力、血汗和生命。”郭小川在《胜利矿纪事》里说：“这里的英雄们并不沉湎过去，他们的心，向着伟大的明天！”

2. 国家资本投资兴建的国营企业

沈阳作为工业城市，有一个在全国都没有的地名现象，相当多的街道都围绕一个“工”字，例如：振工街、兴工街、铁工街、建工街、爱工街、祖工街、国工街、和工街、乐工街、锦工街、绣工街、保工街、德工街、奖工街、卫工街、育工街、启工街、肇工街、富工街、重工街、轻工街、强工街……不知道这些地名最初是怎么来的，如果仅仅是从字面上理解，能够联想到要振兴工业、爱护工业、保卫工业、培育工业、建设工业，等等。

2012 年，中国工业博物馆在沈阳开馆，走进这里，赫然挂着一枚与悬挂在北京天安门城楼上一样大的国徽，这就是沈阳第一机器制造厂（沈阳第一机床厂前身）造的那枚仿制品，它标志着这里拥有的中国工业老牌地位。在通史馆里，我们能够找到沈阳第一机床厂的介绍。沈阳第一机床厂其前身是日本三菱财团于 1935 年所建的矿山机械修配厂。新中国成立后的“一五”期间，曾被列为国家 156 项重点工程项目之一。20 世纪 60 年代，沈阳第一机床厂号称我国机床行业的“十八罗汉”之首，曾经创造了共和国工业史上的多个第一，例如中国第一个铸造用机械手、第一个自主研发的管模、第一根超高压管的样管、第一台万能钻床、第一台八轴立式机床、第一台精密丝杠机床、第一台五轴联动机床，等等；80 年代，沈阳第一机床厂的机床产量在全国各大机床厂中均居首位；进入 90 年代，沈阳第一机床厂经过资产重组成立了沈阳机床（集团）有限公司，已为国内外制造行业提供了 30 多万台金属切削机床；到 2011 年，沈阳机床集团已经成为全球排名第一、单体规模最大的现代化机床企业。

中国工业博物馆的展物中含有多项沈阳人引以为豪的“工业之最”，如世界最大口径的铸管（直径 2. 2 米）、最大的立车横梁铸件（重 115 吨）、最大的超高压断路器壳体（铝合金铸件、重 2 吨）、最大的立车横梁铸件（重 115 吨）、最薄的铸件（厚 0. 38 毫米）。此外，还有几百个新中国工业史上“第一”的新产品，如第一台万吨水压机、第一台电冰箱，等等。

由国家资本投资兴建的企业为数众多，多达几十万家，沈阳铁西区就是其中的一个典型。

沈阳铁西工业区是我国近代以来成立时间最早、形成规模最大、工业门类最齐全的装备制造业聚集区。从 1905 年日本在铁西地区开设第一家工厂开始，素有“东方鲁尔”之称，亦有“中国重型工业的摇篮”之美誉，工业遗存非常丰富，跨越了日伪统治，解放战争，国家“一五”、“二五”等近百年的历史时期，承载了沈阳工业大部分的历史记忆，在某种意义上见证了百年中国工业的变迁。

“一五”期间，全国 694 个限额以上的项目，沈阳占 26 个，其中铁西区占有 12 个；苏联援建的 156 项重点工程，沈阳有 6 项，铁西区占 3 项。铁西区通过“一五”、“二五”重点改造和新建了 18 个机床厂，4 个工具厂，俗称“十八罗汉，四大金钢”。通过确定产品发展方向，成为当时机床工具产品的生产骨干，为新中国整个机床工业的布局、生产、管理打下了良好的基础。1953—1957 年的“一五”期间，铁西区通过采用苏联图纸仿制的机床产品达到 204 种，累计向全国提供了 10. 4 万台机床；1958—1965 年仿制产品比例从“一五”期间的 78. 5% 下降到 33. 2%，重点发展重型机床、精密机床、锻压机床等门类，具备了提供此类机床的能力。铁西区用60年的时间走完了世界发达国家近200年的历程，在行业内已经在国际上拥有了举足轻重的话语权和产业地位，正在实现从中国制造向中国创造的转变。

到1982年，铁西区市属以上全民工业企业的固定资产原值30.3亿元，工业总产值38亿元，利税总额7亿元。

3. 社会主义改造赎买的民族资本

1940年1月，毛泽东发表《新民主主义论》，标志着新民主主义理论形成。文章提出了新民主主义的经济、政治、文化纲领，在经济纲领中提出：在无产阶级领导下的新民主主义共和国的国营经济是社会主义的性质，是整个国民经济的领导力量，但这个共和国并不没收其他资本主义的私有财产，并不禁止“不能操纵国民生计”的资本主义生产的发展，这是因为中国经济还十分落后的缘故。

新民主主义的政治，就是这种新民主主义经济的集中的表现，而1949年9月制定的《共同纲领》则完全体现了这个思想：经济上是“五种经济成分并存”，即国营经济、合作社经济、个体经济、私人资本主义经济、国家资本主义经济；政治上是“四个阶级的联合”，即工人阶级、农民阶级、小资产阶级、资产阶级的联合。因此，在新民主主义社会，资产阶级是依靠力量，民族资本是重要组成部分。

余名钰，浙江省镇海县人，生于1896年4月。1916年毕业于北京大学采矿冶金系，1917年在美国加利福尼亚大学研究院攻读冶金专业，1918年获冶金硕士学位。

此间，曾任美国加林福林采金公司架拉图钨锰电冶金厂、惠尔磁力提选厂工程师、顾问等职。

1919年回国后，余名钰任黑龙江关都金矿、江西安福乾光煤矿、安徽宣城安平煤矿工程师。1923年受聘云南大学化学系主任。1929年任广东省矿业顾问。1934年，余名钰与方文年等在上海建立了大鑫钢铁厂（上海重型机器厂前身），生产火车连接器、底轴，飞机刹车鼓、耐热铸铁件等。抗日战争爆发后，余名钰率领职工将设备辗转数千里，经武汉运至重庆。到重庆后，他和民生公司、金城银行合资，组建了渝鑫钢铁厂股份有限公司，自任总经理兼总工程师。1942年1月，在重庆的周恩来参观了渝鑫公司并且题词："没有重工业，就没有民族工业的基础，更谈不上国防工业，渝鑫公司生产已为民族工业扩大了初步基础"。1943年冬，余名钰出席由周恩来和王若飞召开的工商业者座谈会。1945年，在国共重庆谈判期间，毛泽东和周恩来一起，多次约见包括余名钰在内的一些民族工商业者长谈，鼓励大家为抗战胜利后建设新中国作贡献。1950年8月，余名钰被国务院重工业部任命为钢铁顾问。由此可见，党对民族资本的认识很早就是非常清楚的。

进入社会主义改造阶段以后，对民族工商业改造的主要方法是赎买。改造的低级阶段是采取国家资本主义的形式，即收购、加工、订货、统购、包销的方法。在全行业公私合营前实行"四马分肥"，即企业的利润包括税收、工人奖金与福利、企业的公积金、资本家的股息与红利四个部分。高级阶段为公私合营，又分两个阶段，即个别企业的公私合营与全行业的公私合营；在全行业实行公私合营后，对私股实行定息的办法。

1956年2月8日，国务院发布了《关于在公私合营企业中推行定息办法的规定》、《关于私营企业实行公私合营的时候对财产清理估价几项重要问题的决定》和《关于目前私营工商业和手工业的社会主义改造中若干事项的决定》。1956年7月28日，国务院又发布了《关于对私营工商业、手工业、私营运输业的社会主义改造中若干问题的指示》。这些文件中，规定了对私营企业进行清产估价和实行定息制度。

定息，是把资产阶级所有的生产资料估价折成股份，每年按照股份分给资本家固定的红利。国家对公私合营企业定息办法规定：全国公私合营企业的定息户，不分工商、不分大小、不分盈余户亏损户、不分地区、不分行业、不分老合营新合营，统一规定为年息5厘，即年息5%。个别需要提高的企业，可以超过5厘。过去早已采取定息办法的公私合营企业，如果它们的年利率超过5厘，不降低；如果年利率不到5厘，提高到5厘。

实行定息制度后，资本家对企业生产资料的所有权就只能表现在定息上。资本家对企业的生产资料既不能直接掌握，也不能变卖。企业的生产和经营，完全由国家根据社会主义原则来安排。实行定息之后，资本家所得的股息就是固定的了，无论企业的利润如何提高，资本家只能按照他的资产数目每年得到5%的固定的定息收入。

当时，国家宣布这种办法7年不变。到1963年，又决定延长3年，直到1966年9月停发。在整个改造期间，资本家一共获得32.5亿元。其中1949—1955年的利润13亿元；1955—1966年的定息11亿元，高薪8.5亿元（据1956年对73个投资在50万元以上的资本家的薪金调查，平均每人月薪在500元左右，少数高达2000元以上）。这个数字超过了他们原有的资产总额。因此，毛泽东曾经说，出这么一点钱，就赎买了一个资产阶级，这是再便宜不过的事情了。

关于民族资本在赎买前后的情况，上海机床工业的资料具有典型意义①：

上海早期的机器厂，多数是从小铁铺、小作坊演变而成，厂房设备极为简陋，一般只有一两间平房，一两台手摇车床，十多个工人。制造机床主要靠手工技术和协作。例如上海发昌机器厂是上海早期最大的民办机器厂，也直到清光绪十六年左右才有刨床和钻床等设备。到20世纪初，使用龙门刨、铣床和煤气动力机等设备的机器厂，仍然很少。第一次世界大战前后，上海机器制造业设备增多，20多人的厂有设备四五台，但仍以车床、牛头刨床、钻床和老虎钳等为主，动力设备很少，机床多为手摇或脚踏。到“民国”二十六年（1937年）抗战前夕，工厂的机械设备有所增加，但多数仍是进口旧货，精度不高，机械化程度很低，多为皮带机床，大件钻孔仍靠手工扳钻，齿轮也是铸铁件。

抗战胜利后，“民国”三十六年，上海共有机器厂708家，设备7311台，主要是8尺以下的小车床，较先进的磨床、滚床、铣床、横臂钻床、镗床等设备，仍少见。零件落料仍靠手工轧、锯。当时，玲奋电器机械制造厂（现上海试验机厂）、六合机器厂（现上海仪表机床厂）从美国购进旧货万能铣床、插齿机等，已是上海少有的先进设备。一般工厂年产机床只有几十台，超过百台的很少。

---

① 资料来源于《上海机电工业志》。

1949年年末，上海机床行业共有固定资产原值315万多元，净值182万多元，金属切削和锻压设备817台，占地面积364626平方米，建筑面积41351平方米。这就是当时中国最大的工业城市、最主要的工业制造行业的状况。

从1956年起，国家对规模较大、能独立生产机床的公私合营企业，投资扩大公股成分。第一个五年计划时期，向大同铁工厂（现上海第一机床厂）、铁华铁工厂（现上海冲剪机床厂）、培源铁工厂（现上海锻压机床厂）投资154万元，添置大型龙门刨床、重型车床等关键设备，扩建厂房。为扩大金属切削刀具的生产，国家还投资928.8万元，扩建了国营上海工具厂。第二个五年计划时期，国家对上海市机床公司的基本建设投资总额达到近2000万元，用于新建上海重型机床厂，扩建恒新机器厂（现上海第四机床厂）和上海锻压机床厂，新添6米龙刨、75毫米镗床等设备12台套投入使用。为发展精密磨床，国家对国营上海机床厂投资1035万元，建成1.5万平方米的大型精密车间，其中5300平方米是恒温控制室，自制了丝杆母机、蜗轮母机、分度盘母机、螺母母机和渐开线凸轮样板母机等5种特殊设备，使上海具备了制造大型和精密磨床的能力。到1960年，全行业已有金属切削和锻压设备5344台，固定资产净值10786.4万元，分别增长6.5倍和5.9倍。

1963—1965年国民经济调整时期，国家投资1330万元，重点对上海第一机床厂、仪表机床厂、第三机床厂和量具刃具厂进行技术改造，增添设备，扩建厂房，以发展国家急需的齿轮加工机床、仪表机床、精密磨床和游标卡尺、千分尺等产品。第三个五年计划时期，为发展大型和精密机床，共投资1760余万元，对部分企业的设备、工艺进行“填平补齐”、“配套成龙”改造。其中重点为上海重型机床厂、第一机床厂、第三机床厂、仪表机床厂、锻压机床厂等，增添关键设备和测试装置。并创建上海精密机床研究所，加强了整个行业的测试研究工作。

第四个五年计划期间，基本建设投资1300万元，主要为上海重型机床厂、锻压机床厂和机床铸造一厂扩充工艺设备，建迁厂房。第五个五年计划期间，机床公司基本建设投资仅为165万元。第六个五年计划期间，基本建设投资改为更新改造投资，总投资5949万元，用于机床公司24家企业227个项目的技术改造。其中，用于更新和引进设备、改善厂房新增固定资产投资3722万元，占总投资的84%。通过这5年的技术改造和技术引进，到1985年年末，上海机床公司、上海机床厂和上海工具厂共拥有金属切削、锻压等主要设备8276台，固定资产净值20896.3万元。机床行业生产能力有所增强，数控车床产量达878台（包括电加工机床），比第五个五年计划时期增长近一倍。

上海机床公司固定资产情况表

年份	固定资产投资额（万元）	固定资产原值（万元）	固定资产净值（万元）	金属切削设备量（台）	锻压设备量（台）	占地面积（万平方米）	建筑面积（万平方米）
1949		255.0	172.8	532	46	3.00	1.90
1952		585.3	428.6	814	63	6.00	2.90
1957		1455.6	1116.1	2839	129	17.70	8.60
1960	10.55	7545.1	6517.4	3458	209	55.95	23.80
1965	781.0	13681.3	9219.8	3821	294	65.20	33.30
1970	75.1	14854.8	10209.4	5120	258	77.00	39.40
1975	58.0	21780.5	14183.0	6016	359	86.60	50.10
1980	457.0	26829.3	14737.7	5579	387	90.70	64.60
1985	1919.0	28894.5	17239.3	5882	403	97.10	70.50
1990	17640	43766.9	23180.0	5426	309	101.42	80.26

以上海第一机床厂为例，上海第一机床厂坐落于闸北区万荣路10号，是国家机电工业部骨干企业，主要生产各种齿轮加工机床。前身是陈志良开设于“民国”三十三年的民生机器厂，厂址在长宁路249号，时有职工50人，金属切削设备32台，占地3329平方米。初期主要生产35毫米六角车床和500毫米牛头刨床。1946年6月，更名为大同铁工厂。解放前夕，有职工57人，设备51台。

1954年2月公私合营。1956—1958年，相继有永兴机器厂、许景盛工场、义泰营造厂、新公机器厂、永生铁工厂并入，职工增至563人，设备186台。主要产品有车床、刨床、平面磨床及各种材料试验机等。1958年调整后，重点生产齿轮加工机床。1960年5月，由利中机器厂、胜达铁工厂和顺记铁铺3家民营小厂组合的沪西机床厂并入，职工增至926人，设备217台，厂房面积扩充到11143平方米。1963—1965年国民经济调整时期，被列为国家重点发展生产齿轮加工机床的企业，投资295.8万元，在万荣路择地新建厂房36741平方米。1965年从长宁路旧址迁入新址，成为国内三大齿轮加工机床生产基地之一。继1959年试制成功国产第一台能加工直径2米的大型齿轮滚齿机以后，又相继发展生产了各种滚齿、铣齿、插齿、剃齿、刨齿、磨齿、检齿等7个系列38个品种的产品，其中Y22160弧齿铣齿机、Y23160刨齿机和5—8米大型滚齿机都是国内首创高技术产品。1983年后，该企业调整产品结构，先后为纺织、工业缝纫机、轴承等工业部门生产出针筒铣槽机、轧辊电解磨、钢球研磨机等专用机床。

1988年，该企业被评为上海市先进企业和国家二级企业。1982—1989年3月，该企业研制成功的国内第一座核电站重点设备——30万千瓦核电站堆内构件，通过国家和秦山核电公司验收，并获得国际原子能委员会专家好评。此后，该企业从联邦德国CVOSS公司引进组合机床制造技术，与意大利、联邦德国合作生产大型数控镗铣床和五面体双柱加工中心。1990 年年末，该企业有职工 1545 人，占地 9. 28 万平方米，建筑面积 5. 2 万平方米，主要设备 381 台，固定资产净值 1408. 6 万元，工业总产值 2014. 4 万元，利税总额 110. 1 万元，全员劳动生产率 13209. 2 元/人。

由此可以看到，赎买前的民族资本企业，规模大多都很小，一般只有几十名工人、几十台机床，不大的厂房，生产的产品也比较落后，有些已经处于歇业或者半停工状态。在社会主义改造的过程中，通过重组、合并，尤其是通过国家在多个五年计划的大力投入与技术改造，已经晋升为国内甚至国际间的知名企业，在这个过程中，也为国家的工业化作出了巨大的贡献。由此可以看到，对资本主义工商业的社会主义改造是成功的。

对资本主义工商业的社会主义改造包括两方面的内容：一是把资本主义私有制改造成为社会主义公有制；二是对人的改造，在对人改造的同时，国家对资本家也作了安排。资方人员凡能工作的都由国家有关部门分配工作，不能工作的也予以安置或者予以救济，保证他们的生活。这种对资本家予以定息，或者予以各种安排、照顾，都是赎买的表现形式。国家就是通过赎买，对资本主义企业和对资本家本人进行社会主义改造的。后一个方面的改造，通过经常组织他们参加各种学习，引导他们参加各种政治实践活动，对他们进行社会主义前途的教育，使他们自愿接受和平改造。对资本家实行团结、教育和改造的方针，不仅稳定了资本家的思想，提高了他们的认识，保证了改造的顺利进行，而且将几十万资本家改造成自食其力的劳动者，成为社会主义企业的经营和管理干部。

荣毅仁是社会主义改造赎买民族资本中的典型，当有记者问荣毅仁，消灭剥削、废除资本主义制度对于你失去了什么，得到了什么？荣毅仁回答道，对于我，失去的是我个人的一些剥削所得，它比起国家第一个五年计划的投资总额是多么渺小；得到的却是一个人人富裕、繁荣强盛的社会主义国家。对于我，失去的是剥削阶级人与人之间的尔虞我诈、互不信任；得到的是作为劳动人民的人与人之间的友爱和信任，而这是金钱所买不到的。因为我积极拥护共产党和人民政府，自愿接受改造，在工商界做了一些有利于社会主义的工作，我受到了政府的信任和人民的尊重，得到了荣誉和地位。从物质生活上看，实际上我并没有失去什么，我依旧过得很好。

1953 年，北京市地方工业局选择了同仁堂首先进行公私合营，这对于同仁堂的经营者震动很大。同仁堂到这时已经存在了几百年。它始建于清朝康熙八年（1669 年）。北平解放前夕，北平同仁堂有职工 190 多人，资金约 80 万元，年产值约 16 万元，年零售额约 30 万元。1949 年北平解放时，同仁堂由乐氏十三世乐松生经营，他同时是天津达仁堂管理处总负责人。公私合营的消息传来时，对乐氏家族的震动很大，他们对经营了几百年的老铺将要失去所有权、经营统治权和企业利润分配，确实十分痛惜。乐松生经过反复考虑，认识到这是大势所趋，人心所向，历史潮流，不可违背，而且，合营后，自己仍任经理，生活待遇也不错，因此决定，同仁堂带头公私合营。

没想到公私合营后 ，企业发生了很大的变化。同仁堂虽然是一个大药店，但以往的经营管理方式陈旧，存在生产计划性不强，物资储存分散，领取手续不清，库存积压产品过多等漏洞。公私合营后，企业改善了经营管理，建立起各种规章制度，增加设备，改进技术，自行设计了粉碎机、汽锅等；改进了生产包装，销售额也不断上升，门市部抓药从每天几十服，增加到每天 200 多服。经理乐松生高兴地说：别家的流水逐日下降，咱们的流水逐日上升，原来担心合营工作会影响生产，没想到合营后业务发展这么快，这下可放心了。

1955 年，毛泽东、周恩来在中南海接见了乐松生，询问了他生活、工作上的情况，鼓励他为医药事业多作贡献。同年，他当选了北京市人大代表、市政协委员，出任北京市副市长。1956 年 1 月 13 日，北京药业全行业公私合营，乐松生手捧大红喜报代表北京市工商界人士向毛泽东报喜。

1956 年 1 月 25 日，毛泽东在《社会主义革命的目的是解放生产力》一文中写到：社会主义革命的目的是为了解放生产力。农业和手工业由个体的所有制变为社会主义的集体所有制，私营工商业由资本主义所有制变为社会主义所有制，必然使生产力大大地获得解放。这样就为大大地发展工业和农业的生产创造了社会条件。事实也正是如此，一场以改造生产资料资本主义私有制为目标的、如此深刻的社会主义革命，就这样在和平和稳定中就实现了。中国的这场巨大而深刻的社会变革，不仅没有对生产力的发展造成破坏，而且还促进了生产力的发展。在基本完成社会主义改造的 1956 年，工业总产值比上年增长为 28.1%，超过了第一个五年计划中预定的 1957 年的水平。用今天的话来说，完全符合“三个有利于”标准。

马克思、恩格斯在《共产主义原理》和《法德农民问题》这两篇著作中，首先提出了和平赎买的思想。但是通过什么形式赎买，他们没有进一步阐述。列宁也提出了通过国家资本主义这一途径，来对资本家进行赎买。然而，列宁的设想在俄国也没有变成现实。中国共产党根据马克思和列宁关于和平赎买的设想，结合我国实际，以和平赎买的方法完成了对资本主义工商业的社会主义改造。使资本主义不是无偿地，而是有偿地转变为社会主义公有制，成为我国国企的重要组成部分，为国家经济建设作出了巨大贡献。

二、国营工业企业职工是怎么来的

到二十世纪七八十年代，在国营企业工作的职工，主要由以下几部分人员所组成：

1. 20 世纪 50 年代的国企工人

20 世纪 50 年代的国企工人主要包括新中国成立以前党领导下的工厂中的老职工、公私合营后成为国企的职工、大跃进年代进厂的职工。

（1）新中国成立以前党领导下的工厂中的老职工

我们在这里先来介绍两位著名的劳动模范。

其中一位叫马恒昌，马恒昌，奉天（今辽宁）辽阳人。1948 年进入沈阳第五机器厂当工人，1949 年加入中国共产党。新中国成立后，历任齐齐哈尔市第二机床厂车间主任、总机械师、党委副书记、顾问，第一至第六届全国人大代表，第四、第五届全国人大常委，曾获全国劳动模范称号。是“马恒昌小组”的发起人。

马恒昌原是沈阳第五机器厂的车工，1948 年 11 月，沈阳刚刚解放，他带领着一个小组，在敌机不断骚扰轰炸的情况下，奋不顾身地完成一批批军工生产任务，以优异的成绩于 1949 年 4 月 28 日获得“生产竞赛模范班”的红旗。1950 年 10 月，抗美援朝战争爆发，遵照党中央和政务院的命令，东北人民政府将马恒昌所在工厂的一部分迁移到齐齐哈尔，迁移后的工厂仅用 79 天就开工生产了，并且完成了军工急需的产品生产任务。

1950 年 9 月，马恒昌光荣出席了全国第一届工农劳动模范和战斗英雄代表大会，马恒昌代表小组向党中央和毛主席汇报工作，向代表们介绍了民主管理和开展劳动竞赛的经验，受到代表们的一致欢迎，得到了中央领导同志的充分肯定。马恒昌小组被评为全国劳动模范小组——“生产战线上的模范”，并且被命名为“马恒昌小组”。这是新中国成立以来，第一次以个人名字命名的先进班组，马恒昌本人被评为全国劳动模范，成为开国劳模。从 1950 年到 1976 年，马恒昌共 13 次受到毛主席的亲切接见。

1951 年，“马恒昌小组”向全国职工发出开展“爱国主义劳动竞赛”的倡议，得到全国 18000 多个班组的热烈响应（其中包括了一部分私营企业的班组），有力地支援了抗美援朝战争。从 1950 年至 1978 年，“马恒昌小组”29 年累计完成了 43 年零 10 个月的工作量，实现技术革新 840 多项。

在“马恒昌小组”的诞生地沈阳市的劳动人民公园里有一尊马恒昌的青铜塑像（要知道，就算在全国范围内，劳动模范的铜像也是不多的），公园的长廊墙壁上镌刻着几百位劳模的名字，马恒昌的名字位列第一。“马恒昌小组”在中国首先提出了“工人参与企业管理，做企业主人”的理念，依靠“劳动竞赛、民主管理、技术革新”三大法宝，创造了班组长工作的“五在前”（思想工作做在前、艰苦任务抢在前、完成计划干在前、遵守制度走在前、关心同志想在前）；关心组员的“五必访”（有困难必访、婚丧事必访、家庭纠纷必访、组员患病必访、冬夏换季必访）；思想工作“六知道”（知道组员家庭人口和经济状况、知道家庭住址和居住状况、知道组员性格爱好和特长、知道组员健康状况、知道组员配偶及父母工作单位、知道组员思想状态和情绪变化）。这一整套工作制度和工作方法，开创了中国工业企业班组建设的先河，被誉为我国“班组建设的摇篮”。

另一位是孟泰，孟泰是新中国成立后第一代全国著名的劳动模范，河北省丰润县人，于1898年出生于一个贫苦农民的家庭。他爱厂如家，艰苦创业，在恢复和发展鞍钢生产中作出了重大贡献，8次受到毛泽东主席的接见，先后当选为第一、二、三届全国人民代表大会代表，当选为中国工会第七、八次全国代表大会执行委员。

1948年4月4日，鞍山钢铁厂成立。为避免战争破坏，钢铁厂组织一批政治可靠、有技术专长的工人向后方根据地抢运器材。当时长期受日伪、国民党统治的鞍山老百姓中有些人对中国共产党能不能“坐稳天下”表示疑惑。孟泰义无反顾地当着工友和家人表示：“跟着共产党走，棒打不回头！”他带领广大工人把日伪时期遗留下来的几个废铁堆翻了个遍，建成了当时著名的“孟泰仓库”。在修复炼铁厂2号高炉中，所用的管件大部分取之“孟泰仓库”。1949年6月27日，修复后的2号高炉生产出第一炉铁水。1949年8月孟泰加入中国共产党，成为鞍山解放后第一批发展的产业工人党员之一。

抗美援朝战争期间，孟泰主动当了护厂队员，把行李扛到高炉上，冒着遭到空袭的危险，随时准备用身体护卫高炉。他勇于攻克技术难关。在苏联政府停止对中国供应大型轧辊，致使鞍钢面临着停产的威胁的情况下，他组织了500多名技协积极分子开展了从炼铁、炼钢到铸钢的一条龙厂际协作联合技术攻关，先后解决了十几项技术难题，终于自制成功大型轧辊，填补了中国冶金史上的空白，被誉为“为鞍钢谱写的一曲自力更生的凯歌”。他自已设计制造成功的双层循环水给冷却热风炉燃烧筒，提高寿命100倍。孟泰还总结出“四到”工作法，就是：眼睛要看到，耳朵要听到，手要摸得到，水要掂量到。他时刻心里装着职工，为生产解难，为工人排忧。在他担任鞍钢炼铁厂副厂长的 8 年中，被工人们称为“身不离劳动，心不离群众的干部”。1967 年 9 月，积劳成疾的孟泰在北京病逝。

作为 20 世纪 50 年代国企工人的生活见证，在沈阳铁西区赞工街 2 号，有一处名字叫“工人村生活馆”的博物馆。当年的工人村总占地面积达 73 万平方米，共建有 5 个建筑群，72 幢三层砖混楼房，建筑面积 99012 平方米，曾经是全国最大的工人居住区，也是最早的国企工人住宅楼群，现在留下 7 栋楼作为博物馆。

工人村开始建设于 1952 年 9 月 23 日，全部是三层起脊闷顶红砖的苏式风格建筑，工人村有工人村粮店，邮局、照相馆、副食商场、幼儿园等。1953 年第一批入住工人村的住户都是厂级领导、劳动模范、高级知识分子和高级技术工人，原全国政协副主席叶选平，先后担任沈阳第一机床厂副厂长兼总工程师、沈阳市机械局副总工程师，就曾经居住在工人村 61 栋 2－2－9 号。工人村建成后，在全国率先引领了“楼上楼下，电灯电话”的现代住宅潮流。

（2）公私合营后成为的国企职工

在社会主义改造的过程中，国家保留了私营工商业职工 250 万人（工业 160 万人、商业 90 万人），后来，随着一些私营工商业企业公私合营后发展为国企，他们也就成为了国企的职工。在我的访谈中，有这么一位这方面的代表：

丁祝良，新中国成立前是一个小小的修配厂老板，因为工厂小，什么工种都要自己干，跟着父亲学了多门技术，家里的几种金属切削机床都能够操作，钳工、电工都会。粉碎“四人帮”之后，他担任了车间主任。

由于技术精湛，20 世纪 80 年代初退休以后，工厂将他返聘，并且专门为他配备了一个技术革新小组，负责新产品的研发。由于他的工作需要各个部门的配合，因此有时候工作开展得不太顺利。工夫不负有心人，经过努力，他成功开发了我国最早的后置式发动机大客车，获得了多个行业性的大奖；他设计的一种电力工程车，获得 1985 年省科学技术进步奖。1989 年，他本人获得省劳动模范称号。

这一类人虽然人数不多，但他们技术好，能解决技术难题，各个工厂的很多新产品都出自于他们之手，为企业立下过汗马功劳。他们大多是七八级工，是全厂瞩目的人物，也是青工们崇敬的人物。他们中有的开发过在省内、国内领先的产品，有的退休后又被返聘直到企业凋零。

（3）大跃进年代进厂的职工

所谓大跃进年代进厂的职工，是指在大跃进的时代背景下进厂的，而在三年自然灾害中没有被精简下放的职工。以广东为例，1957 年年末，广东省全省全民所有制单位职工共有 125.03 万人，到 1958 年年末猛增至 213.01 万人，增长 70.37% 。1959 年、1960 年全民所有制单位职工持续增加，分别比上年增长 3.67%、7.97% 。而 1958—1960 年全省粮食减产，造成了粮食供应紧张局面。在这种情况下，1961 年、1962 年广东省对职工结构和人数进行了调整，连续两年精简职工。

广东省在大跃进年代职工变动的大致情况是这样的：1958 年 9 月 5 日，《人民日报》发表了题为《全力保证钢铁生产》的社论，提出了各地方各部门停车让路，首先保证钢铁生产的要求。9月25日，中央召开电话会议，提出了从省、地、县到乡，各级第一书记都要亲自挂帅，亲临钢铁生产现场，日夜不停地指挥作战的要求。

1958年7月召开的华南经济协作区第一次协作委员扩大会议确定，广东1958年的指标为：钢25万吨，铁60万吨。计划指标大大超过了当时开采、冶炼、运输的能力。到9月止，广东省钢的计划还完成不到3%。9月23日，广东省委发出《关于动员全党、全民争取钢铁上游的紧急指示》，要求要在全省范围内掀起空前规模的“全民大炼钢铁运动”。

为了完成钢铁指标，大炼钢铁成为压倒一切的中心任务。首先是大搞群众运动，大搞“小土群”、“小洋群”，全省组织了几十个“钢铁师”，直接参加炼钢铁的群众由几十万猛增到几百万人，最多时达到700万人，约占全省劳动力总数的1/2。1958年，广东建成钢铁厂43家，3立方米以上洋高炉630座，半吨以上钢铁转炉293座，各种小土炼铁炉7万多座，小炼钢炉12万多座，大土坯、石灰窑、煤炭窑、砖瓦窑、炮楼都用来炼铁炼钢，各行各业都被卷进大炼钢铁运动中，到处竞放“卫星”。

经过了三年自然灾害，中国的经济受到严重影响。1961年1月，中共八届九中全会决定对国民经济实行“调整、巩固、充实、提高”的政策，此后又针对“大跃进”造成的全国职工队伍和城镇人口的急剧膨胀，作出了大幅度精简职工和城镇人口的决策。按照陈云的说法，当时只有两条路可供选择：一条路是继续挖农民的口粮；另一条路是城市人口下乡。两条路必须选一条，没有什么别的路可走。所以只能走压缩城市人口这条路。中央七千人大会和西楼会议后，大规模的精简职工和减少城镇人口的工作全面展开。1962年2月14日，中共中央印发了《关于1962年上半年继续减少城镇人口700万人的决定》，1962年5月27日，中共中央、国务院作出了《关于进一步精简职工和减少城镇人口的决定》。

当时，广东省为缩短工业战线，也对部分工业企业实行关停并转。1960年广东全民所有制工业企业总数是4493个，1961年减少为3956个，1962年再减少为3545个。广东全省手工业全民所有制企业由1960年的388个减少到1962年的175个，并对保留下来的企业进行了整顿。

根据中央的统一部署，广东从1961年起，以极大的力量开展精简职工和压缩城镇人口的工作。压缩城镇人口方面，1961年压缩46万人，1962年压缩37万人，共83万人。精简职工方面，1961年精简52万人，1962年精简18万人，共70万人。广州市1961年年底压缩城市人口11万多人，减少工业职工12.7万人，其中3万多人回到农村参加农业生产。1963年3月底，广东省委、省人大批转《关于1963年精减职工和减少城镇人口工作的意见》，1963年安排减少职工9.84万人。1964年7月14日，广东省专门发出《关于严格控制职工人数增加的通知》，要求各地区、各厅局不能突破省下达的劳动计划指标，一律不允许自行超计划从社会上吸收干部和固定工人。由于各企业加强了劳动力的管理，到1965年年底，全省全民所有制单位职工人数为188.97万人，仅为1960年的79.26%。

大跃进年代进厂的这批职工，经过精简下放，留下的都是一些思想好、工龄长、技术好的职工，是企业的骨干。他们对新旧社会有强烈对比，又亲历了“三年困难时期”与职工精简下放，因此格外珍惜工作的机会，许多劳动模范、优秀共产党员与先进生产者都是在这一批工人群体之中产生的。

2. 20 世纪 60 年代招工进厂的职工

（1）“文革”期间“面向工矿”的知青

1969 年以后，国家发了“四个面向”的号召，即“面向农村、面向边疆、面向工矿、面向基层”。因此，在大规模的知识青年下乡热潮中，也有少数人因为“面向工矿”而成为当时的幸运儿。他们一般是“老三届”的初、高中生，由于他们的文化程度相对较高，因此很受欢迎。他们与其同学们相比成为了进工厂的幸运儿，也特别珍惜自己的岗位，是当时工厂中一支活跃的力量，也是当时工厂的文艺、体育骨干。若干年后，他们成为了企业的生产骨干，在生产第一线的有的人担任了生产调度、质量检验或者车间主任等技术性较强的工作；有的人通过工厂自办的职工业余大学、“七·二一”大学①的学习，走上了技术岗位或者管理岗位，拥有了“干部”身份；也有的人成为“工农兵”学员，学习之后回到工厂成为拥有“干部”身份的技术员；还有的人在恢复高考后考上了大学，毕业后又回到原企业。这是企业的一支生产、技术上的重要小分队。随着年龄的增长，他们在工厂结婚、生子，成为了“以厂为家”的一批人。

（2）技校毕业生与“顶职”的青年工人

技校毕业生，由于新中国在教育方面的发展，从 20 世纪 60 年代以来，开始有越来越多的技校毕业的学生进入工人队伍。技校毕业生不用学徒 3 年，直接定为一级工，但是与中专不同的是，他

---

① 1968 年 7 月 21 日，《人民日报》传达了毛泽东的批示：大学还是要办的，我这里主要说的是理工科大学还是要办的。但学制要缩短，教育要革命，要无产阶级政治挂帅，走上海机床厂从工人中培养技术人员的道路。要从有实践经验的工人农民中选拔学生，到学校学几年以后，又回到生产实践中去。因为发表时间是 7 月 21 日，故一些国营企业办的职工大学或职工业余大学又被称为“七·二一”大学。

们属工人编制，而中专毕业属干部编制。他们与直接从社会上招收的工人比较，其显著优势是理论知识强，从零部件的测绘、画图到加工工序的安排，技术员担任的活基本可以胜任，因此很受领导的器重，经常成为攻关小组的依靠力量。有些人从班组长、车间生产调度做起，一直做到车间主任；后来有的成为技术人员，有的成为生产、供销、检验等管理岗位的骨干。从曾经与他们长期共事的过程中我发现，通过技校培养技工并通过长期实践晋升为高级技工是一条很好的途径，因此应该大力发展职业教育。

企业还有一个较小的群体，就是后来被人们诟病的"顶职"工人，即父母因工死亡、退休或去世以后，他们的子女可以"顶替"这一缺额而进入厂矿。在矿山里"顶职"是比较普遍的，即使在"文革"期间，有多个子女的家庭也可以留一个子女不下乡而顶职。但是，你只要真正了解那些矿山的工作危险与艰苦的程度，了解到矿山的死亡率、工伤致残率、职业病如矽肺、风湿等，可能就不会责难"顶替"的制度了。其实，有的矿山山高路远，交通不便，就没有多少城市人愿意去。就许多情况来说，子女的"顶替"实际上是用父辈的生命与健康换来的。当矿山的职工因工死亡、因工作性质的伤病而去世，为照顾他们家庭的生活，除有少量抚恤金以外，解决问题的最好办法，让他们全家能够生存下去的最好办法就是解决一个子女就业。"顶替"可能就因此而生。"顶替"的子女继承了父辈的传统，一般工作比较努力。

3. 20 世纪 70 年代进厂的职工

主要有 1970—1971 年大规模招工进厂的职工，以及 1979 年回城的知识青年。

1970—1971 年，在工农业"两个突破"建设中，工厂招了一大批人，他们有幸进了工厂，而没有成为“下乡知青”。这一次大规模的招工一直到1976年“文革”结束都没有过了。事情的来历是这样的：为了实现毛泽东于1966年2月重新提出的到1980年“基本上实现农业机械化”的目标，也为了适应战备需要，国家对地方“五小”（主要指地、县办的小钢铁、小机械、小煤窑、小化肥、小水泥工业）工业进行了新的部署。1970年2月召开的全国计划会议强调各地都要建立自己的“五小”工业，形成为农业服务的小而全的工业体系。从1970年起的五年中，中共中央安排了80亿元扶植地方“五小”工业，并制定了一系列优惠政策。于是，地方“五小”工业蓬勃发展起来。仅1970年全国就有近300个县市兴建了小钢铁厂，90%的县建立了农机修造厂，20多个省、市、区建起手扶拖拉机厂、动力机械厂和农机具制造厂。与1969年相比，地方小钢铁工业的炼钢能力增长1.5倍，生铁产量增长1.8倍，小化肥厂生产的氮肥、合成氨增长60%—70%，小水泥厂、小化肥厂的产量占全国总产量的40%，以小煤窑为主的南方各省煤炭产量增长70%。

这些地方“五小”工业在国民经济建设中发挥了重要作用，大大促进了农业机械化和农业技术改造的进程。到1975年年底，地方“五小”工业的钢、原煤、水泥、化肥年产量分别占全国的6.8%、37.1%、58.8%、69%。全国有小化肥厂1300多个，合成氨产量比1964年增长18倍，使农业化肥施用量增长4倍多。全国农业机械总动力达一亿马力以上，比1964年增长了近10倍。其中，手扶拖拉机、脱粒机分别增长了45倍和23倍，过去农村没有的机动水稻插秧机、收割机、饲料粉碎机分别拥有3.2万部、17万部、94万部，电动碾米机、轧花机、榨油机比1964年分别增长10.4倍、1.8倍、11.8倍……1970年、1971年，仅县办工业就新增职工 2400 万人。

在这次大规模招工中，一些前几年下乡的知青成为幸运儿进了工厂。他们本身对城乡差别、工农差别有深切体会，而且还有相当多的知青哥们儿仍在农村，会经常交流他们当下的生活状况。这一方面加强了工农联系，另一方面通过鲜明的对比，使他们更加珍惜现有的工作。随着技术上的长进，他们成为五十年代进厂老职工的接班人。其特点是文化程度相对较高，有在农村劳动的经历，更有闯劲与创新精神。他们中的有些人还有一技之长，如书法、绘画、写作等。其中的一些人成为工矿工会、宣传方面的骨干，甚至有人获得晋升的机会，被上级政府机关调用。

在 1978 年前后，有一个历史上罕见的就业高峰。当时大批下乡知青回城，再加上新成长的劳动力，共有 7000 万人需要就业。那时国家采取了一项硬性措施，不管企业需要不需要，也不管本人的意愿如何，一律分到父母所在单位工作。国营单位更是由国家下拨计划。

4. 固有的群体：军转干部与知识分子

除了上面所说的几个群体以外，国企职工中还有两个固有群体，他们在每个时代都有，并且在企业生产与发展中发挥着重要的作用，他们就是复员转业、退伍军人群体以及企业中的知识分子群体。

（1）复员转业、退伍军人群体

复员转业、退伍军人大规模进入国营企业有好些个年份。其中，“文革”后期直到 20 世纪 80 年代初，复员转业、退伍军人进入企业的比较多。

这些由军队转业进入工厂的工人，其特点是素质较好，有相当部分是党员，因此不少人在较短的时间内担任了班组长或进入供应、生产、销售等岗位，有的后来还逐步担任了企业的中层干部如车间主任、科长、车间党支部书记等，甚至进入了厂级领导班子。经过军营生活的历练，他们能够较快地成为国营企业的骨干力量，而大多数单位对他们也很器重并有意加以培养。

由于他们曾经是军人，因此，在当时“要准备打仗”、“全民皆兵”的条件下，他们成为武装基干民兵队伍中的骨干，担任起各种民防职务。

（2）知识分子出身的技术人员、管理人员

这是国营企业的中坚力量、脊梁，是“吃进去草，吐出来奶”的那种人，他们是企业生产正常运转、进行技术创新的重要保障。在当时，不少国营企业不但在厂部设有技术、工艺、产品开发研制、质量管理等技术部门，车间里一般也有一至二名甚至更多的技术人员，以便随时解决生产中存在的技术、工艺、质量等问题。那时，招进工厂的不管是中专、大专还是本科毕业生，在走向专业技术岗位以前，都要在车间班组实习锻炼一年以上，以便熟悉产品及各生产环节。有些技术员在车间一蹲就是好几年，工人们也很喜欢并且非常需要他们。

到了20世纪80年代，文凭开始吃香，有哪家职工的孩子考取了大学，都会敲锣打鼓、燃放鞭炮，摆几桌酒席庆贺一番。在访谈中我了解到，一家工厂曾经有一次开职代会讨论改革奖金分配问题，有工人代表发言认为工程师奖金高于工人不合理，说他们读个大学文凭没什么用，例如生产中的某某技术问题，工程师解决不了，最后还是工人解决的。这家工厂的总工程师办公室主任老裴将其好一顿斥责：“我们读大学怎么了，我们有文凭也是考上去的。不要说考大学，你们的子女现在考上大专甚至中专不也要摆酒席、放鞭炮吗？怎么我们的文凭就不值得尊重了呢？”一番话，说得大家纷纷点头称是。

老裴是这家工厂的总工程师办公室主任，高级工程师，浙江人，1962 年某省工业大学机械专业毕业。为人非常耿直，有话直接说，经常得罪人，开会的时候是如此，平常也是如此。作为总工程师办公室主任，他是替总工程师办事情的，凡是总工程师交代的任务他都会完成，但是，他并不认为总工程师比自己在技术方面更高一筹。

老裴是从原技术科长转任这个岗位的，当时技术科就在总工程师办公室的隔壁，但是青年技术员很愿意来找他解决一些问题。青年人对他的绘图技术非常佩服。他画图的时候，极其熟练，速度非常快，两块三角板上下翻飞，也不用不同粗细的绘图铅笔，一支 2B 铅笔从头到尾用下来，却粗细分明，全靠用力的大小。青年人把站在他身边看绘图当作了一种享受，当然主要是为了从中学习几招。

转任总工程师办公室以后，他就不太绘图了，转而负责协调组织解决产品加工中出现的技术问题、组织推行新技术、新工艺、新标准等。有一段时间，上级抓标准化，他为此花了大量时间，终于圆满完成了上级交给的任务，有几个他组织制定的标准后来还发展为行业标准，为单位的发展作出了不小贡献。

第二章

咱们工人有力量

一、“蚂蚁啃骨头”与倪志福钻头

1. “蚂蚁啃骨头”

1958 年 12 月，当时担任国家副总理的陈毅陪同朝鲜金日成到上海建设机器厂参观，看到工人用小机床加工大型零件，脱口就说了一句：“这不是叫蚂蚁啃骨头吗?”使“蚂蚁啃骨头”成为我国工业发展中的一个有趣的名词。事情是这样的，1958 年 7 月，上海建设机器厂承担了国家下达的一项加工大型设备的任务。其中有个零件就重达 11 吨。一张一比十的图纸，摊开来比两个办公桌子还大。不要说加工，就是把零件放到机床上去也得把机床压垮。所谓“蚂蚁啃骨头”，简单地说就是将机床放到零件上去加工，而不是将零件放到机床上加工。这是那个时代中国工人的创造，后来这种加工大型零件的方法在全国普遍地得到了应用，出现了车、钻、铣、鉋、磨等多种机床以及加工方法的改造。参观了上海建设机器厂的陈毅副总理很激动，就用诗歌体写了一篇文章，题目叫《参观蚂蚁啃骨头》，发表在《解放日报》上。

“蚂蚁啃骨头”加工方法大致有两种含义。狭义是指运用小型机床加工大型零部件的方法；广义是指“以小攻大、以短攻长、以轻攻重”的一整套机械加工方法，以及起重、运输等各种“以小干大”的方法。

“骨头”，是指需要加工的大型零部件毛坯，重量从几顿到数百吨不等。因工件大而不动，在其周围工作的小机床被称为“蚂蚁”。除了“蚂蚁啃骨头”以外，当时还有“以小拼大”、“茶壶煮猪头”、“抬轿子”、“以小打大”、“以铸代锻”、“以铁代钢”、“化大为小”、“蚂蚁搬泰山”等方法，都是工人们在实际工作中创造的。

在上海，小厂、小机器加工制造大的零部件，用土办法制造现代机器产品，小机床干大活，师傅们也把它比喻为“蟹吃牛”。“蟹吃牛”不仅指的是毅力，后来还成为了职工的一种工作精神，即“艰苦创业的精神，无私奉献的精神，一丝不苟的精神，吃苦耐劳的精神，永不满足的精神”。正是工人们发扬了这种“蟹吃牛”的精神，那个年代的上海制造成为了全国人民心目中响当当的品牌，创造出“上海牌”手表，“永久牌”、“凤凰牌”自行车，“红灯牌”收音机，“飞人牌”、“蜜蜂牌”缝纫机，“回力牌”球鞋等著名品牌。中国工人也正是在这种不怕艰难，吃苦耐劳精神的鼓舞下，发明了数控机床、双水内冷发动机、轿车、万吨远洋货轮甚至原子弹、大飞机、人造卫星、长征发射火箭，等等，为中华民族快速实现工业自强作出了杰出贡献。

其实，“蚂蚁啃骨头”，不仅仅是一种机械加工方法，也是一种创业精神。新中国工业的发展，就是靠这种精神发展起来的。在新中国成立时百废待兴，工业基础基本为零的困难局面下，正是许许多多的工人发扬了这种不怕艰难、聚小成大、舍小家为大家的奉献精神，建立起了我国的工业基础。因此，用“蚂蚁啃骨头”来比喻一些工厂的建设，也许更为贴切。

王芳就参加过这样的工厂建设。她是1958年进厂从上海去到贵州支援新建工厂建设的，也就是后来所说的“支内”职工。在调查中，她为我详细地叙说了当年“支内”的经历：

我叫王芳，1939 年 11 月 25 日生于江南古镇的一个大户人家。我家在镇上开了一家酒店，商号王立成，方圆百里都有点名气。后来由于家庭的变故，1954 年，我只好投亲找上海工作的表姐，并且获得了上海户口。我一边帮表姐看孩子，一边读业余初中到毕业。

1958 年大跃进，上海市开始动员知识青年支援边疆建设，大街小巷敲锣打鼓宣传，一时间支援边疆建设成为一股潮流，很多热血青年纷纷报名。当时上海支边的地方有五个省：新疆、内蒙古、云南、贵州、江西。我也跟随着这股潮流，报名去贵州。

1958 年 8 月 15 日下午 2 点左右，我坐上了从上海开往贵州都匀县（当时铁路还没有通到贵阳，只能通到都匀县）的专列火车，这列火车满载着 3000 多名上海知识青年，响应党的号召到祖国最需要的地方、最艰苦的地方去支援边疆建设。

到达都匀站的时间是晚上 12 点钟左右，说是县级站，其实相当于江南的一个镇的大小。当时天刮着风，下着毛毛细雨，大多数人都没带雨伞，就这样顶着毛毛细雨连滚带爬走了好几个小时才到招待所。都匀到贵阳要乘汽车，但是当时没有那么多汽车，我们 3000 多人就这样分批用无蓬的卡车，一路上顶着狂风，黄土飞扬，站立着装运到贵阳。

到贵阳第二天就宣布分配工作单位，我被分配到贵阳电机厂，这个工厂位于贵阳的东面，离贵阳大约十公里，是一个新开发的工业区，叫小河工业区。除我们电机厂外，还有机床厂、电线厂、轴承厂。

到单位后，我们第二天就开始分配工作了，我被分到冲压车间做冲床。

我们这批上海知青到电机厂是第二批，第一批比我们更早，听说当时机器设备都还没有到。因为我们知青多，一个班也就有一位师傅，还有一两位是青年工人，大约有四五年工龄，对我们来说都是师傅了。我们一到车间分好班就三班倒，早、中、晚班轮流做。早、中班还可以，晚班不习惯，白天睡不着，到了晚上上班就想打瞌睡，特别到了凌晨三四点钟最难受，眼睛怎么也睁不开。这时只好关掉机器，喝点水，洗把冷水脸，到了天亮就好了。后来就慢慢习惯了。

当时正在搞大跃进，每个工厂都有计划，一手抓生产，一手抓大跃进。我们厂党委根据本厂的需要，自己动手制造冲床，因为当时冲床不够用，当时口号是100天要制造出30台冲床。很快一个青年突击队成立了，都是从各个生产岗位上抽调出来的。我也被选调入青年突击队，参与了大跃进。其实像我们刚参加工作的学徒也不会干什么活，就跟在师傅旁边学习，长知识，这是一个学习的好机会。不过也够辛苦的，绝对不是8小时工作制，大跃进真是真刀实枪干，没有白天、晚上，连续作战。我的师傅甚至曾经连续三天三晚没合过眼，眼睛充满了血丝，还在干。我记得最深刻的是，有一次师傅躺在机器下面扭螺丝，叫我给他递一个扳手，他接过扳手扭着扭着慢慢就不动了，我一看不对劲，连叫师傅你怎么啦？没见动作，我钻进机器下面一看，他已经睡着了。我也不忍心叫醒他，就让他睡一会吧，不久我也瞌睡了。不知过了多久，有人走到我们旁边叫醒我，叫我去睡，我说师傅几天都没有睡了，我叫醒他去睡一下，他没去睡，接着又继续干活了。

当时车间的两角，各铺着厚厚的一层稻草，还有一些从招待所送来的被子，男女分开各一处，谁累了就去睡一会，接着继续干。后勤保证吃的东西24小时供应，都是热乎乎的送到车间来，吃的东西都是变着花样做，一会儿送正餐，一会儿送茶水，一会儿点心又送来了。炊事员高喊着师傅们，大家歇一歇，吃点东西，加加油再干。吃的全免费，按需所取，真好像共产主义到了。开始几天，大家感到吃的东西既香又好吃，后来慢慢地越吃越少了，吃什么都没有味了。不是食堂菜做得不好，而是大家太累了，嘴巴没有味。

这个青年突击队白天晚上大战在车间里，果然提前10天生产出32台冲床，超额2台完成任务！我们敲锣打鼓，大红喜报向厂党委报喜啦！党委肯定了我们这个青年突击队的成绩，给予表扬！叫我们再接再厉，回到工作岗位上继续努力工作，为祖国为人民作出更大的贡献！

2. 倪志福钻头

在金属切削加工中，钻孔是一项必不可少而又十分普遍的加工工序，加工的占比仅次于车削。钳工有一个基本功，就是钻孔，加工的机械设备叫钻床，有台式的，立式的，摇臂式的，等等。由于工作量大，在一些工厂有一种工种就叫作钻工，只负责钻孔，也归属于钳工。在材料上打孔的主要刀具是麻花钻，因为其形状像麻花。使用麻花钻钻孔是孔加工的关键工序，扩孔、镗孔、铰孔、拉孔的形位误差，直接与钻孔的精度有关。因此，加工孔的刀具——钻头，就成为了加工中的关键环节。而磨钻头是钳工的一项基本功。为了练好这个基本功，许多学徒一有空，就拿着一把废旧钻头在砂轮机旁边训练，一练就是几个小时。

然而，自麻花钻这种钻头产生以来，直到20世纪50年代，钻头的几何角度是固定的，所以又称为“标准麻花钻”。随着生产的发展，新加工材料的不断出现，标准麻花钻的切削能力已经逐渐不能适应使用的需要了。后来，中国人发明了一种高效钻头，叫做“倪志福钻头”，发明这种钻头的人是一个工人，叫倪志福，这种钻头就是以他的名字命名的。倪志福钻头就是在外直刃上刃磨出月牙槽，从而使分屑更细，排屑更流畅。钻孔时产生的环行筋，又有利于钻头定心，保证钻孔“光”和“圆”。它的钻矩降低30%左右，所以它可以用较大的进给量钻孔，大大地提高了效率。由于切削阻力小，定心准、稳，也特别适合在手电钻上使用。磨这种钻头的工人们总结了一个口诀：

三尖七刃锐当先，月牙弧槽分两边，侧外刃再开槽，横刃磨低窄又尖。

1953年夏天，北京永定机械厂（今北京北方车辆集团有限公司）承担了抗美援朝紧急支前任务，为“苏－76”自行炮车的“终减速外壳（高锰防弹钢）”产品钻孔，这种钢硬度高，强度大，标准麻花钻头要钻半天才打通一个眼，而且还磨损了许多钻头。当时还只是二级工的倪志福，起初用标准钻头打眼，一天竟烧坏了12支钻头，效率很低。当时厂里正在推广苏联的“席洛夫钻头”，倪志福也磨了一把“席洛夫钻头”，一上机试车，新钻头刚打了一个眼就磨损了。他拿着磨损的钻头，借着灯光翻过来倒过去地仔细琢磨，发现每个用过的钻头的钻心部分外缘转角处都烧坏了。一个大胆的设想诞生了，磨损和烧坏的部分不正是钻头的薄弱环节吗？如果把钻头的薄弱点攻下来，它不就成了一把无坚不摧的“金刚钻”了吗？倪志福兴奋了，赶紧拿起一个磨损的钻头，用砂轮把磨损的部位磨成三个尖、七个刃的形状，他用这把钻头连夜干了起来，奇迹发生了，效率提高了，新钻头获得了成功。这种技术能将加工效率提高3—5倍，且工艺成本为零。自1953年起，倪志福和研究小组经过10余年不断努力，在实践中逐步总结改进，将几何参数逐步演变，形成了56型、58型、58A型、64型、67型转头。67型是经过多次演进而后定型的基本钻型。

1959年，倪志福出席全国群英会，被授予“全国先进生产者”称号。1963年，倪志福与北京工业大学于启勋教授及周淑英、王育民合著的《倪志福钻头》一书出版。这本书后来成为了钳工们的“圣经”。1965年，倪志福获得国家科委颁发的“倪志福钻头”发明证书。但是他在当年的《机械工业》第11期上发表了“不是倪钻，是群钻”的申明，申明说：“倪志福钻头”最实事求是的名字应该为“群钻”，因为它是群众智慧的结晶。1964年，该钻头获国家科委颁发的“倪志福钻头”发明证书。1964年8月20日，倪志福在北京召开的亚洲、非洲、拉丁美洲、大洋洲四大洲科学讨论会上宣读了“倪志福钻头”论文。1986年10月，倪志福获联合国世界知识产权组织颁发的金质奖章和证书。2001年12月5日，又经过倪志福重新改进的“倪志福钻头”，获中华人民共和国国家知识产权局确认为实用新型专利。2003年，他获得首届“中国十大科技前沿人物”称号。

倪志福是第一位也是迄今唯一一位拥有发明专利的中国党和国家领导人，是中共第九、十、十一、十二、十三、十四、十五届中央委员，第十届中央政治局候补委员，第十一、十二届中央政治局委员，第五届、六届、七届、八届全国人大代表，曾担任第七届、八届全国人民代表大会常务委员会副委员长、中华全国总工会主席等重要职务。他的事迹曾经深刻地影响了几代工人，很多人都非常努力地学习技术，立志做个发明家，发奋把我国的机械工业搞上去，搞出成绩，青史留名。

二、“鞍钢宪法”与《工业七十条》

1.“鞍钢宪法”

鞍钢始建于1916年，其前身是1916年成立的中日合办的鞍山振兴铁矿公司，1945年8月抗战胜利后被国民党政府接收，成立了资源委员会鞍山钢铁有限公司。1948年2月19日，人民解放军攻克鞍山，鞍钢回到人民手中。1948年12月26日，经东北行政委员会批准，鞍山钢铁公司正式成立。一位被留用的日本冶炼专家曾断言：这里只能种高粱，恢复重建至少需要20年。

然而仅仅过了半年多的时间，1949年7月9日，鞍钢公司就在大白楼前举行了盛大的开工典礼，庄严宣布新中国的第一个大型钢铁企业正式开工。这一天，不仅标志着鞍钢从一片废墟上崛起，也标志着中国钢铁工业从此也开始了一个新的起点，从这里奔涌而出的第一炉铁水，恰如一个开闸的源头！

1953年10月27日，新中国第一根无缝钢管诞生，11月30日，我国第一根重轨在大型轧钢厂问世，12月19日，我国第一座现代化高炉7号高炉流出第一炉铁水……鞍钢一五期间完成了37项重点工程，其中包括大型轧钢、无缝钢管、炼铁高炉三大工程。到2009年，鞍钢累计生产钢3.81亿吨、铁3.75亿吨、钢材2.77亿吨；上缴利税1245亿元，相当于国家对鞍钢投入的23倍。鞍钢累计向祖国各地输送了近6万名优秀干部、工程技术人员和技术工人，为各地培养了11万余名各类人才。具有钢、铁、钢材2500万吨的综合生产能力，能够生产 16 大类钢材品种，120 个产品细类，600 个钢牌号，42000 个规格的钢材产品，被誉为祖国的钢都，为国家经济建设作出了巨大贡献。

在创造了巨大的物质财富的同时，这里还产生了巨大的精神财富，先后涌现出以老英雄孟泰、“走在时间前面的人”王崇伦等为代表的一大批模范人物，而更加著名的是产生了“鞍钢宪法”。

“鞍钢宪法”是相对于“马钢宪法”而言的。“马钢宪法”是前苏联最大的钢铁联合企业马格尼沃托尔斯克制定的，是工厂管理的一套完整的标准，甚至被上升到法律的高度。它是建立在“专家治厂”的基础上的。在“鞍钢宪法”出台之前，鞍钢公司实行的就是这套苏联标准。

1950 年 2 月，东北人民政府工业部下发了《关于国营企业全面建立生产责任制的决定》，不仅接收了企业，而且开始探索企业管理的方法。此后，鞍钢也随之陆续建立了保障生产经营顺利运行的一系列规章制度，如生产调度、人事考勤、经济核算、班组管理、产品标准、质量检验等，使企业开始走上了专业化管理的轨道。仅就技术管理而言，1953 年到 1955 年间，鞍钢共制定和修改技术标准 243 种，技术规程 417 种，建立与健全了各项技术规程和质量监督工作。

1952 年 11 月 12 日，鞍钢炼钢厂炼钢平炉创造了六小时零九分钟炼一炉钢的新纪录。工人们于 12 月 2 日致信毛泽东，报告了这一喜讯。毛泽东于 12 月 14 日致信炼钢厂全体职工，表示很高兴地读了工人们的来信，还说，这不仅是你们的光荣，而且是我国工业化道路的一件大事。1953 年 12 月 21 日，鞍钢全体职工又致信毛泽东，报告鞍钢无缝钢管厂、大型轧钢厂、第七号炼铁炉三大工程的胜利完成。毛泽东于 12 月 25 日即回信说，鞍钢三大工程的胜利完成，是1953年我国重工业发展中的巨大事件，是对我国社会主义工业化的重大贡献。

为了总结经验，1960年3月11日，鞍钢给辽宁省委写了一份《鞍山市委关于工业战线上的技术革新和技术革命运动开展情况的报告》，报告总结了以往大搞技术革新和技术革命的成绩，并且总结了五条经验：第一，必须不断地进行思想革命，坚持政治挂帅，彻底破除迷信，解放思想。第二，放手发动群众，一切经过试验。开展技术革新和技术革命，最根本的问题是高度发挥广大职工群众的积极性和创造性。只有把职工群众充分发动起来，技术上的革新和革命才能又多又快又好又省地实现。第三，全面规划，狠抓生产关键。第四，自力更生和大协作相结合。第五，开展技术革命和大搞技术表演奏相结合。

1960年3月22日，中共中央批转了这个报告，批转的文件，是毛泽东亲自起草的，毛泽东认为：鞍山市委的这个报告很好，使人越看越高兴，不觉得文字长，再长一点也愿意看，因为这个报告所提出来的问题有事实，有道理，很吸引人。批转的文件突出地赞扬了实行民主管理，实行干部参加劳动，工人参加管理，改革不合理的规章制度，工人群众、领导干部和技术员三结合，即“两参一改三结合”的制度。同时宣布：“‘鞍钢宪法’在远东，在中国出现了”。

“两参一改三结合”的经验，最初出现在齐齐哈尔国营建华机械厂，在北安庆华工具厂和长春汽车厂得到进一步发展，受到党中央和毛泽东的赞扬与肯定。1958年4月18日，《中共中央对黑龙江省委〈关于企业干部参加劳动、工人参加管理及实行业务改革的批复〉的指示》中称，这项经验是完全符合社会主义企业的管理原则的，这项经验应当在全国一切具有条件的工业企业中推行。后来毛泽东对这方面的问题一直很关心，并且在八大二次会议上提出了“干部参加劳动、工人参加管理”的建议。1959 年 7 月 31 日，毛泽东曾经批发中共辽宁省委送的鞍山市委有关“两参一改”的报告；8 月 14 日，他又在《中共辽宁省委批转鞍山市委关于执行主席指示的报告》上批注：“请令各重点企业研究鞍钢的经验。”

“鞍钢宪法”几十年来对中国国营企业的管理产生了深远的影响。我们现在耳熟能详的职工代表大会、职工合理化建议等都与这部“宪法”所代表的含义相关。此外，“鞍钢宪法”在国外的现代管理中还产生了影响。例如，从 1979 年起，当时的国家经委开始在全国的国营企业中强制推行“全面质量管理”的管理方法，后来还颁发了一整套考核办法。刚刚开始实行这种管理方法的时候，有关部门曾经组织了一些考察团赴日本考察，去包括丰田公司这样在推行“全面质量管理”的著名企业那里去了解经验，结果日方人员十分奇怪地问：QC 小组是我们从你们那儿学来的呀，怎么你们还来参观我们？学我国的什么呢？

美国麻省理工学院管理学教授 L·托马斯曾经明确指出，“鞍钢宪法”是“全面质量”和“团队合作”理论的精髓，它弘扬的“经济民主”恰是增进企业效率的关键之一。

2.《工业七十条》

大跃进的沉痛教训，到 1960 年已开始被人们所认识。1960 年 6 月 14 日至 18 日，中共中央在上海举行了政治局扩大会议。会议期间毛泽东写了一篇《十年总结》的文章，文中明确表示自己也有过许多错误，承认自己和党对社会主义革命和建设还有很大盲目性，还有一个很大的未被认识的必然王国，并且重新倡导“实事求是”的思想路线。毛泽东的这一认识，对不久后逐渐转向调整国民经济有重要意义。同年7月5日至8月10日，中共中央在北戴河召开工作会议，降温和调整的空气进一步浓厚。8月底，周恩来在李富春汇报的基础上形成了“调整、巩固、充实、提高”的八字方针，并在1961年1月召开的八届九中全会上获得批准。毛泽东在这次全会上提出要恢复党的实事求是传统，加强调查研究，搞一个“实事求是”年。八届九中全会以后，为了制定贯彻八字方针的具体政策，毛泽东等中央领导人和各中央局、各省、市委主要领导人深入基层调查研究。

1961年9月16日，中共中央颁发《国营工业企业工作条例(草案)》(简称《工业七十条》)。“两参一改三结合”的内涵，分别被写进《工业七十条》的不同条款之中。1965年7月，中共中央又颁发了《国营工业企业工作条例（修正草案)》，又称《工业七十条（修正草案)》。《工业七十条（修正草案)》仍为七十条，但设立了二十章。由于《工业七十条（修正草案)》出台后的三年时间里开展了一连串的“四清”运动，学大庆、学解放军、学习毛主席著作等运动，因此,《工业七十条（修正草案)》加进了这些内容。在此至1966年年底“文革”波及工矿企业的一年多时间里，工矿企业的工作基本上是遵照这个修订本执行的。

《工业七十条（修正草案)》共有两万多字，分别是总则，计划管理，技术管理，劳动管理，工资奖励，经济核算和财务管理，协作，责任制度，党委领导下的厂长负责制，工会和职工代表大会，党的工作。上述内容可分为三大部分：第一部分阐述了国营企业的性质、任务、管理原则、职工在企业中的主人翁地位以及党组织在企业的领导核心地位；第二部分是关于企业管理的内容；第三部分对党委领导下的厂长负责制、企业党的工作以及工会和职工代表大会的职责作了若干规定。

《工业七十条（修正草案）》中指出，要不断教育全体职工，提高他们的思想政治水平，并且规定企业党委应把做好思想政治工作放在重要地位。对老、中、青三代工人、对技术人员、对女工如何进行思想教育都分别提出了很细的措施。《工业七十条（修正草案）》明确规定了职工在国营工业企业中的主人翁地位，并且对如何充分发挥群众的积极性作了许多具体规定，如规定建立和执行规章制度、技术革新、推广先进经验、办好企业都要依靠职工群众等。《工业七十条（修正草案）》提出必须给职工看得见的利益，本着这一原则，对企业职工的工资、奖励和各项福利事业，如食堂、澡堂、托儿所、医疗卫生等方面都作了逐项规定。除此之外，还把“经济核算和财务管理”专门辟为一个章节作出规定。

实践证明，《工业七十条（修正草案）》的颁布，对当时整顿和加强企业管理功不可没。以1965年与1962年比较，三年内工业产值平均每年递增17.9%，工业净产值平均每年递增21.3%，生产中的物质消耗平均每年降低1.5%。对于贯彻执行“调整、巩固、充实、提高”的方针，恢复和建立正常的生产秩序，促进生产力的发展，发挥了重要的作用。

从开展“两参一改三结合”到实行“全面质量管理”期间，“三结合”的传统一直到20世纪80年代末期都保持着。在高炉前、木模前、产品前、机床旁，当然也有在会议室、检验科、生产科里边，经常可以看到人们三五成群，或高声或细语，各抒已见，最终拟出一个方案或“达成共识”，开始行动。这个过程有些是随机解决问题，有些是为解决问题相约而来，有的是有关部门召集为改进设计、工艺、材料、质量以及满足用户提出的要求而召开的会议。他们或面对图纸、模型、产品零部件，或检测出了问题的残次品，寻找问题、苦苦追索。有的师傅是从机床上应召而来的，他们是与要讨论问题的有关工种的技术尖子，有时他们脸上还挂着汗水，手上沾满了油污，就握着一把棉纱不停地擦，十分尽责。

每当这个时候，工程技术人员的价值就得到了充分的体现。他们详解图纸，分析各种因素；他们要仔细地体味、揣摩工人们在操作中的感受与体会，把握工人们分析的生产中各种影响因素，以及长期工作经验积累起来的对产品加工的深刻把握。而这些往往不是图纸、不是工艺、不是说明书能够解决的，那是“心”的体会，是用“心”在与那些火热的钢花或冰冷的五金进行长期交流中体会出来的。有时，他们自己就反复动手、体会、试验才最后作出决策，最后将意见反馈给管理干部，由管理干部下令，统一进行周密、精细的团队协作，那是一场战斗，是一首美妙的交响曲！

三、工业学大庆与三线建设

1. 工业学大庆

曾经在相当长的一段时间里，几乎所有的工厂、矿山、企业的墙上，都写着这样一幅标语："工业学大庆"。这是继"鞍钢宪法"后，中国工业企业管理的第二个范本。

1960年4月，在时任石油工业部部长余秋里亲自主持下，大庆油田召开了第一次"五级三结合"开发技术座谈会。会议强调，要把"三结合"作为在技术革新和解决重大技术问题上实行群众路线的有效形式。这次会议，实际上是贯彻中共中央批转的"鞍钢宪法"，贯彻"两参一改三结合"制度的会议。因此，当时的石油部长宋振明曾经说，"鞍钢宪法"在大庆开了花。也就是说，大庆精神坚持了"鞍钢宪法"，即实行民主化管理，"三结合"技术革新。

原来，1949年全国原油产量仅12万吨，总共只有8台浅井钻机、40多名石油技术人员。外国石油公司垄断了中国的石油市场。1952年2月，毛泽东亲自发布命令，决定中国人民解放军19军57师转为石油工程第一师，支援石油工业建设。1953年，毛泽东对时任地质部长李四光说，要进行建设，石油是不可缺少的。第一个五年计划中，也把勘察石油资源、发展石油工业作为一项重要内容。

1958年，地质部和石油部在李四光的地质理论指导下，把石油勘探重点转移到被外国专家判定为“无原油”的东部地区，在东北、华北等几个大盆地展开了区域勘探。1959 年 9 月 6 日，在东北松辽盆地陆相沉积岩中发现工业性油流。这是中国石油地质工作取得的一个重大成就，时值国庆 10 周年，这块油田因此被命名为“大庆”。

1960 年 2 月 13 日，石油部根据松辽盆地探井接连出油的新发现，在《石油工业部党组关于东北松辽地区石油勘探情况和今后工作部署问题的报告》中，向中央提出集中石油系统一切可以集中的力量，用打歼灭战的办法，来一个声势浩大的大会战，一鼓作气，以最快的速度拿下大庆油田。党中央、毛主席热情地支持社会主义建设中的这一创举。1960 年 2 月 20 日，中央发文批准关于大庆油田勘探开发大会战的报告，指出这次大会战，对于迅速改变我国石油工业的落后状况，有着重大的作用；要求各地区有关部门给予大力支持。大庆石油会战的进行，是中国石油发展史上一次伟大的转折，从这一年起，中国原油产量急剧增长。

大庆石油会战开始之时，正值我国经济面临严重困难时期。1960 年 5 月，在余秋里、康世恩等的领导下，石油工业部集中全国 30 多个石油厂矿、院校的 4 万名职工，调集 7 万多吨器材设备，来到了茫茫的大草原。当时的艰苦状况令人难以想象，几万人包括几千名工程技术人员，一无房屋，二无床铺，连锅灶等生活用具也很不够。人们支起帐篷、搭起活动板房，或者在被废弃的牛棚、马厩里办公、住宿。有时候大家什么都没找到，劳动了一天，夜晚干脆往野外一躺，几十个人扯一张篷布盖在身上就凑合过了一夜。雨季，下雨天经常是外面大下，里面小下；外面雨住了，里面还在滴答。有些人索性挤成一堆，合顶一块雨布，坐着挨过一宿，第二天照样干。

在东北地区，冬天来得早，国庆节前后就下雪，没有房子，露营是待不下去的。怎么办？出路只有一条，就是发动群众，在搞勘探、搞建设、搞生产的同时，挤出时间自己动手修土房子。大家不分地位高低、职务大小，男女老少一起上阵，挖土打夯，没有工具的用脚踩，建成30多万平方米的“干打垒”，就这样度过了严寒的冬天。当时吃的也很困难。粮食蔬菜供应不上，就打草籽、挖野菜充饥。后来又发动职工、家属集体开荒种地、养猪等，解决生活困难。不但生活方面艰苦，生产方面同样困难重重。几十台大钻机在草原上一下子摆开，设备不齐全、不配套，汽车、吊车数量不足，没有公路，道路泥泞，供水供电设备缺乏，工作条件很差。在这种情况下，大庆人硬是团结一致，鼓足干劲、知难而上，苦干巧干，采用人拉肩扛加滚杠的办法，把几万吨的设备器材从火车上卸下来，连五六十吨重的大钻机也是用这种方法，拖到几公里之外的井场上安装起来。钻机安装好以后，水供不上来，大家就排成长队，用水桶脸盆从几百米以外的水池打水传递过来，一打就是几十吨，保证了钻井需要。

1963年年底，经过三年多的奋战，位于东北松辽盆地的大庆油田完成探明和建设，结束了中国人靠“洋油”过日子的时代。1964年1月7日，毛泽东在听取全国工业交通情况汇报时，指示报纸要写点新鲜事物，报道学习解放军、学习石油部，并在会上表扬了石油部经验和大庆铁人王进喜。1964年2月5日，中共中央发出通知，号召全国其他部门学习大庆油田的经验。2月9日，毛泽东在接见外宾讲到大庆石油会战取得的进展时说：大庆人用比较少的投资、比较短的时间，全部自己制造的设备，在三年中找到了一个大油田，建成了年产600万吨的油田和建设了一个大的炼油厂。同日，中共中央发出《关于传达石油工业部关于大庆石油会战情况的报告的通知》，通知指出：它是一个多快好省的典型，它的一些主要经验不仅在工业部门中适用，在交通、财贸、文教各部门，在党、政、军、群众团体的各级机关中也都适用，或者可做参考。通知要求把文件一直传达到基层，同时要求布置播放石油工业部报告的录音。

1964 年 2 月 13 日，毛泽东在人民大会堂的春节座谈会上发出号召：要鼓起劲来，要学解放军、学大庆。要学习解放军、学习石油工业部大庆油田的经验，学习城市、乡村、工厂、学校、机关的好典型。此后，全国工业交通战线兴起了学习大庆经验的运动，大庆也成了中国工业战线的一面旗帜。以王进喜为代表的大庆人，吃苦耐劳，公而忘私的精神，得到全国工业交通战线的崇敬和学习。

学习大庆什么呢？1964 年 4 月 20 日，周恩来在上海工交会上谈到学大庆的问题时说：要把冲天的革命干劲同严格的科学态度结合起来，大搞技术革新、技术革命，多快好省地完成生产任务。这一条的基本精神是学习大庆，学习大庆把革命干劲和科学实验结合起来的经验，这很重要，这是实事求是的态度。同年 12 月 21 日至 1965 年 1 月 4 日，周恩来总理在第三届全国人民代表大会第一次会议作政府工作报告，报告中总结了大庆油田的典型经验，指出其成绩是突出的，其主要经验是值得学习的，并向全国人民发出了“工业学大庆、农业学大寨、全国学解放军”的号召。

大庆的工作精神与方法，曾经在全国推动，叫做“三老、四严”、“四个一样”：

三老：当老实人，说老实话，办老实事。

四严：严格的要求，严密的组织，严肃的态度，严明的纪律。

四个一样：对待革命工作要做到黑天和白天一个样，坏天气和好天气一个样，领导不在场和领导在场一个样，没有人检查和有人检查一个样。

“三老四严”、“四个一样”被写入了1964年颁布的《中华人民共和国石油工业部工作条例（草例)》，被作为规范工作作风的主要内容进行颁发。“三老”讲的是诚信；“四严”讲的就是标准。把“三老、四严”固化在行为规范和服务创效、提高质量的具体工作环节之中，使“三老四严”、“四个一样”超越了其原有的本质含义，成为优质服务、“过得硬”的代名词。这是一种工作作风、是一种企业精神、企业文化、企业管理办法。所谓主人翁、责任感、科学求实，在这里都得到了体现；责任制、执行力、现场管理、目标管理，精细化、严格化、标准化，在这里早已有之。做事先做人、表里如一、言行一致、自我约束、诚信为本、以人为本，是大庆油田职工的真实写照。

大庆人讲“三股气”：“对一个国家来讲，就要有民气；对一个队伍来讲，就要有士气；对一个人来讲，就要有志气。”大庆人提“六股劲”：干劲、闯劲、钻劲、巧劲、细劲、好劲。大庆人把艰苦创业作为传家宝总结了“七种精神”：人拉肩扛精神、干打垒精神、缝补厂精神、五把铁锹闹革命精神、回收队精神、修旧利废精神、硬骨头精神。

与这个时代相呼应，有一首职工们很喜爱的歌曲，经常是企业职工晚会上必唱的歌，叫做《石油工人之歌》：锦绣河山美如画，祖国建设跨骏马，我当个石油工人多荣耀，头戴铝盔走天涯。头顶天山鹅毛雪，面对戈壁大风沙，嘉陵江边迎朝阳，昆仑山下送晚霞。天不怕地不怕，风雪雷电任随它，我为祖国献石油，哪里有石油哪里就是我的家。这是石油工人的真实写照！

“文革”中有一段时间，“四人帮”曾经把矛头对准大庆，诬蔑大庆是“唯生产力论”的典型，把“三老、四严”、“四个一样”与岗位责任制诬蔑为套在工人脖子上的精神枷锁，不准宣传大庆，不许学大庆。“文革”结束后，时任中共中央主席、国务院总理的华国锋亲自主持召开“全国工业学大庆会议”，重新肯定了大庆的成绩和经验。然而，由于特定的历史条件，学大庆运动也表现出一定浮夸和冒进倾向。例如，有的流于形式，刮风走过场；有的不结合自己的实际情况，生搬硬套大庆的做法，等等。

对于工业学大庆这样一个持续18年，波及各行业，涉及上亿人口的运动怎么看呢？1981年9月24日，根据胡耀邦的要求，即要给“工业学大庆”一个说法，当时的国家经委党组向中央写了一个报告，报告肯定了大庆的种种精神：大庆职工面对苏联霸权主义的封锁，那种发愤图强、自力更生、以实际行动为中国人民争气的爱国主义精神和民族自豪感；在严重困难面前，那种无所畏惧、勇挑重担、靠自己双手艰苦创业的革命精神；在生产建设中，那种一丝不苟、认真负责、讲究科学、“三老、四严”、踏踏实实做好本职工作的求实精神；在处理国家和个人关系上，那种胸怀全局、忘我劳动、为国家分担困难、不计较个人得失的献身精神，等等。这些都是中国工人阶级优秀品质的表现，是需要大大提倡和发扬的。

报告还肯定了大庆油田在其他许多方面为我国工业生产建设提供的丰富经验：它们坚持思想领先的原则，深入细致地做思想政治工作，不断加强领导班子和职工队伍建设的经验；他们坚持学习铁人王进喜，年年进行总结评比，选模范，树标兵，以一批先进个人和先进集体带动整个队伍革命化的经验；他们坚持科学态度，掌握第一手资料，加强基层建设、基础工作、基本功训练，建立以岗位责任制为中心的各项管理制度的经验；他们依靠职工管理企业，重视发挥工程技术人员的作用，发扬政治民主、技术民主、经济民主，坚持“两参一改三结合”的经验；他们提倡领导机关和后勤部门面向基层，为生产第一线服务的经验；他们在发展生产的基础上逐步改善职工生活，组织职工家属因地制宜地发展农副业生产和创办集体福利事业的经验，都是十分可贵的。报告认为，大庆这方面的实践经验不仅在过去起了好的作用，而且对于我们当前搞好现有企业的整顿，提高企业管理水平，推进社会主义现代化建设，仍然具有重要意义。

中共中央于 1981 年 12 月 18 日下发了《转发国家经委党组〈关于工业学大庆问题的报告〉的通知》。通知充分肯定了工业学大庆、肯定了大庆和大庆人。《通知》表示，大庆石油职工自力更生、艰苦创业的实践，大庆油田不断前进和发展的历史，大庆广大干部和群众创造的一套我国自己建设和管理现代化企业的经验，表明大庆不愧为我国工交战线的先进典型，大庆职工不愧为我国工人阶级的先进部分。大庆石油职工之所以能够创造出那样的英雄业绩，为国家作出那样大的贡献，最重要的就在于他们继承和发扬了我国工人阶级的革命传统和优良品质，就在于他们有强烈的爱国主义精神和民族自豪感，有不怕困难、勇挑重担的革命英雄主义气概，有高度的国家主人翁责任感。他们的这种革命精神，充分体现了我国工人阶级的本色，在社会主义现代化建设的新时期，应该进一步发扬光大。

广东省在学大庆的活动中很有自己的特色，就是以广交会为媒介，将大庆经验请进来。广交会曾经多次开辟“工业学大庆”馆，展览大庆事迹，请大庆负责人传授经验。编辑《广东省“工业学大庆”经验选编》、《“工业学大庆”情况交流》，还举办大庆影片汇演等活动。学大庆特别突出的单位被评为大庆式企业，它们的事迹被放在广东省“工业学大庆”展览上展出。广东省还树立了一个自己的学大庆典型——马安煤矿，省委提出“远学大庆，近学马安”的口号。马安煤矿是一个地质环境复杂、条件困难的小矿，但是领导集体以身作则，他们坚持干部每周三天劳动、三天工作和学习、一天休息的“三三一”制度，把一个手挑肩扛的小煤窑建设成为半机械化的矿山。

广东省还有一个“工业学大庆”的典型个人叫黄华庭，20 世纪 50 年代，黄华庭推行门窗生产流水作业法，和小组一起改革门窗木工机具 100 多项（件），提高效率 20 倍，是全国闻名的黄华庭门窗先进生产组组长。1953 年，当时年龄仅有 25 岁的黄华庭在军队营房建设中，被中南军区授予立大功。20 世纪 60 年代，黄华庭经过不懈的努力，花了 4 年时间，在经历过 103 次失败之后，终于成功发明首台由一人轻松操纵便可顶替 10 人笨重体力劳动的“电动夯墙机”，再次在全国引起轰动。从 1953 至 1966 年，黄华庭连续 14 年荣获省、地市劳动模范和先进工作者称号。由于其突出贡献，他受到了三代党和国家领导人的亲切接见。

总结这些先进典型的经验，我们可以发现它们的共同之处，那就是“贯彻落实了‘鞍钢宪法’的五项原则，学到了大庆的革命精神和先进经验，发展了生产”。

2. “三线”建设

“三线”建设是新中国在 1964—1978 间展开的延续时间最长、规模最为宏大的一次工业建设运动。工程总投资 2053 亿元。三线建设历时14年，横贯三个五年计划，涉及600多家企、事业单位的重建、搬迁、合并，整个工程规模史无前例。包含几百万工人、干部、知识分子、解放军官兵和成千万人次民工的建设者，打起背包，跋山涉水，来到祖国大西南、大西北的深山峡谷、大漠荒野。他们露宿风餐，肩扛人挑，用十几年的艰辛、血汗和生命，建起了星罗棋布的1100多个大中型工矿企业、科研单位和大专院校。相当多的企业至今仍然是国家的支柱产业。在“三线”的建设过程中，沿海地区还有一部分老企业搬迁到“三线”地区。据统计，从1964年到1971年期间，沿海地区有330个项目、14.5万人、3.8万台设备迁到“三线”地区。

“三线”建设的战略构想是：把全国划分为前线、中间地带和战略后方，分别简称为一线、二线和三线。按照中国军事经济地理区划，沿海沿边地区是第一线，包括沿海和边疆省区，如北京、上海、天津、辽宁、黑龙江、吉林、新疆、西藏、内蒙古、山东、江苏、浙江、福建、广东等；三线则是指长城以南、广东省韶关以北、京广铁路以西、甘肃乌鞘岭以东的广大地区，包括基本属于内地的四川、贵州、云南、陕西、甘肃、宁夏、青海7个省区及山西、河北、河南、湖南、湖北、广西等省区靠内地的一部分，共涉及13个省区；介于一、三线地区之间地带，就是二线地区。简单地说，“三线”建设就是要在以四川为中心的广大西南地区，建立相对于全国独立的、“小而全”的国民经济体系、工业生产体系、资源能源体系、军工制造体系、交通通讯体系、科技研发体系和战略储备体系。

为什么要这样做？因为地理和历史的原因，当时中国70%的工业分布于东北和沿海地区，东北的重工业完全处于苏联的轰炸机和中短程导弹的射程之内。而在沿海地区，以上海为中心的华东工业区则完全暴露在美国航空母舰的攻击范围中。一旦战争开始，当时中国的工业将可能很快陷入瘫痪。“三线”建设就是假如我们遭到强敌的夹击，能够退守于高山大川，在四川和西南，部署全套独立完整、门类齐全、互相协调的工业体系，保持我国的工业化进程不至于被彻底打断，然后伺机反击。

“三线”建设产生了一些有名气的项目，如中国二汽（湖北十堰）、江汉油田（湖北潜江）、长庆油田（陕西西安）、酒泉钢铁集团（甘肃酒泉）、西北铝加工厂（甘肃兰州）、攀枝花钢铁集团（四川攀枝花）、贺兰山煤炭基地（宁夏石嘴山）、酒泉航天发射中心（甘肃酒泉）、西昌航天发射中心（四川西昌）、金川有色金属公司（甘肃金昌）、嘉陵摩托车集团（重庆沙坪坝）、六盘水煤炭工业基地（贵州六盘水）、德阳第二重型机器厂（四川德阳）、洛阳玻璃厂（河南洛阳），以及鼎鼎大名的东方电机厂（四川德阳）、东方汽轮机厂（四川绵竹）、东方锅炉厂（四川自贡），等等。建设的铁路有成昆铁路（成都—昆明，全长 1091 公里）、焦枝铁路（焦作—枝城，全长 772 公里）、湘黔铁路（株洲—贵定，全长 905 公里）、襄渝铁路（襄樊—重庆，全长 1411 公里）、青藏铁路一期（西宁—南山口，全长 814 公里）。建设的水电站有刘家峡水电站（总装机容量 122.5 万千瓦，年发电量 57 亿度）、丹江口水电站（亚洲最大的人工淡水湖）、葛洲坝水电站（总装机容量 271.5 万千瓦，年发电量 161 亿度）。仅仅是四川绵阳，就拥有中国工程物理研究院、中国空气动力研究与发展中心、中国燃气涡轮研究院等国家级科研院所 18 家，各类科研机构近 500 余家，拥有各类工程技术人员 17 万人，拥有“两院”院士 26 名，享受政府特殊津贴的有突出贡献的专家 800 多名。

一些地方也搞了“三线”建设，由于是地方投资建设的，所以又称为“小三线”。建设“小三线”最早是由广东提出来的。广东省委于1964年10月18日向党中央和中南局提交《关于广东国防工业和三线备战工作的请示报告》，提出了建设一系列地方军事工业的计划，主要方法是利用原有条件比较好的钢铁厂、铸造厂、农械厂进行改建。报告得到了毛泽东与党中央的肯定，中央还将毛泽东的批示与广东省的报告转发给一线、二线的省、市、区党委，这些省、市、区接到批示后也纷纷仿效广东省的做法。

在整个“三线”建设中，上海是当时投资最多、建设时间最长的省市。其用了25年，大概建设了81个军工厂，花费了7—8亿资金，主要建设地区在江西、皖南山区。为了配合“三线”建设，上海还提前做了人才培养工作，即提前在上海一些工厂招收青年工人，出师以后，分到上海投资建设的“小三线”工作。通过这种方式，一线城市在支援“三线”建设的同时，也完成了对三线地区的人才输出，后来在内地的不少中小企业中，就活跃着一批大城市支援大小“三线”建设的骨干力量，他们也成为内地经济建设的重要人才资源。这批支援“三线”建设的人才，他们中有工程技术人员，而更多的是技术工人。

第三章

“抓革命、促生产”

一、“抓革命、促生产”时期的工人图谱

“抓革命、促生产”这一提法最早见自于1965年2月召开的全国工业交通工作会议，会议讨论通过了《1965年工业交通工作要点》，文件提出：1965年，工业交通部门的工作，必须以阶级斗争为纲，以生产建设为中心，抓革命，促生产，保建设……1965年5月8日，中共湖北省委在给中央和中南局《关于今后农村四清运动部署问题的请示报告》中，提出整个运动的安排要“更有利于抓革命、促生产”。1965年8月，水利电力部召开全国水利会议，会议提出的《1966年水利工作要点》强调：水利电力部各直属水利工程局和水利设计院，要继续开展企业管理革命与设计革命运动，抓革命，促生产，多快好省地完成基本建设计划。上述材料，中共中央均先后批转全党。1965年9月30日，《人民日报》一篇报道的标题正式出现了“抓革命，促生产”的提法。

1966年6月30日，《中共中央、国务院关于工业交通企业和基本建设单位如何开展文革运动的通知》中要求：各级党委必须抓革命、促生产，做到生产建设双胜利。当时，“文革”的烈火已经点燃，并且很快从高等院校、科研机构向其他各个领域蔓延。此时还在主持中央一线工作的刘少奇、邓小平为使运动有领导、有秩序地进行，经呈报毛泽东同意，于7月2日下发了这个《通知》。8月8日，中共八届十一中全会通过《关于无产阶级文革的决定》，该《决定》共有16条，主要内容是开展“文革”的动员，其中第14条专门谈到抓革命、促生产的问题，要求做到“革命生

产两不误”。

为此，1966年9月7日，《人民日报》根据毛泽东的指示，发表了题为《抓革命、促生产》的社论。社论提出，要以文革为纲，一手抓革命，一手抓生产，保证革命和生产两不误。12月9日，中共中央政治局扩大会议讨论并通过了《关于抓革命、促生产的十条规定（草案）》，《规定》指出，开展无产阶级“文化大革命”，就是为了促进人的思想革命化，带动生产的发展。要求坚持八小时工作制，遵守劳动纪律，完成生产定额；保证产品的质量，力求高质量，并提出了由群众选举产生的领导班子负生产责任。因此，“抓革命、促生产”成了“文革”中的一个主要口号，是“文革”中流传最广的标语或者最高指示，后来还发展成“抓革命、促生产、促工作、促战备”以及“狠抓革命、猛促生产”、“革命生产两不误”等口号。当时，在工厂、矿山的厂区里、围墙上甚至山坡上都写满了这样的巨幅标语。

这个口号的运用范围之广、出现频率之高在当时没有几个词汇能与之相比。有人曾经统计了“文革”中几个年份《人民日报》出现“抓革命、促生产”的次数：

年度	标题中出现的次数	正文中出现的次数
1966年	22	238
1967年	160	1267
1968年	87	1231
1969年	112	1323
1976年	57	1015

在当时特定的历史条件下，“抓革命、促生产”口号的提出，应该说正面效应更大，对于减少文革对生产的冲击和破坏，有着积极的意义。尤其是“文革”后期，人们已经厌倦了派斗，更多

的职工是向往恢复生产秩序，积极地投入生产的。所以，邓小平恢复工作以后进行整顿，一下子就扭转了局面，使经济建设取得了不错的成绩，究其原因，就是因为获得了广大工人群众的热烈拥护与积极响应。

我在访谈过程中，发现了两个“文革”中自学成才的典型，他们也经历了“抓革命、促生产”时期，而他们的共同特点是“抓革命”不积极，“促生产”很卖力：

叶师傅，上海“支内”工人，1960年技校毕业后参加工作，最初是做车工，工人身份。他因小儿麻痹症，眼睛是有残疾的，一只眼睛睁不开，工人们有时候背地里叫他“独眼龙”。但是他特别热爱机械行当，长期坚持自学，经常搞一些技术革新。后来，工厂把他调到技术科做技术员工作，他就更加努力了，为了设计甚至经常通宵达旦。

当时许多工人都处于派斗中，但是他对这些毫不关心。终于，他搞出的新产品越来越多，企业根据他的设计生产的品种也越来越丰富。在1975年第1期《水泵》（行业内的最高水平刊物）杂志上，发表了他的一篇关于铜硅耐酸水泵研制的文章，文章刊发在第一篇，编者还为此加了卷首语，对他的试验成果及其应用前景大加赞扬，对他的自学成才称颂不已。

后来，叶师傅被提拔为技术科长，管理着一批老牌工科院校毕业的技术人员，这些人还都挺服气的。粉碎“四人帮”以后，社会上有一段时间提倡自学成才，他被评为自学成才标兵，当了厂长，后来又当了省人大代表。

叶师傅的事迹给当时该厂的许多青年工人以很大鼓舞，会经常去向他讨教一些自学的经验。在工厂，要使人佩服，那是得有真本事的。青年工人对技术高的师傅往往肃然起敬、顶礼膜拜。不少师傅都会传授给徒弟一个最简单的做人道理，说不管任何政治运动，不管任何朝代，都离不开生产，也就离不开技术，这就是铁饭碗，所以一定要学好技术。所以即使在知识分子被当作“臭老九”被搞“臭”的年代，在多数工厂里，技术人员仍然很“吃香”，因为生产上时时刻刻离不了他们。这种现象也是当时青年工人所看到的现实，而青年工人志强就深受这种思想的影响。

志强是1971年进厂的职工，平常勤学好问，买了多种机械手册、金属切削手册和各种各样的机械加工小丛书，还订阅了许多技术类杂志。他最拿手的技术是铲刮，也称为刮削或者刮研，是用刮刀在加工过的工件表面上刮去微量金属，以提高表面形状精度、改善配合表面间接触状况的钳工作业。刮削是机械制造和修理中最终精加工各种型面（如机床导轨面、连接面、轴瓦、配合球面等）的一种重要方法。

志强刮削的技术在厂里面是一流的，能够通过手上的用力与规则的扭动，在铸铁的表面刮出一层整齐的鱼鳞状或者月牙状花纹，非常漂亮。所以志强刮削的工作台边上，经常围了一些职工观看。

其实，真正的机床导轨刮削的功夫不在手工方面，熟能生巧，漂亮的花纹只要经过比较长时间的训练，都能够做成，关键是精度与速度。同样的一部车床，在达到规定精度要求的情况下，不同的工人在工时上可以相差好几倍。有一次，两台机床同时开工，别人用了六天，志强竟然两天就完成了。

技术活可不是一天两天就能够一蹴而就的，长期的积累很重要，所谓台上一分钟，台下十年功。通过长期坚持“促生产”，机遇自然会垂青于有准备的人。当社会上“科学的春天”到来的时候，职工的“技术春天”也来到了。

改革开放初期，为了倡导工人们学习技术，全国性的以及各部委组织的、各级工会组织的青工技术大比武很多，志强就曾获得全地区修理钳工第一名、全省修理钳工第三名的好成绩，被工厂命名为技术能手，得到过先进生产者、优秀共产党员等各种荣誉。通过电大的学习，他获得了大专文凭，评上了经济师职称，领导也把他作为第三梯队人才进行培养。

二、形势经常变

以下调查多出自于工人辛江，他是前面所述1970—1971年大批招工进厂的工人。

1. 青工吓哭了

1971年9月底，接连几天，辛江每天下班要路过的电影院都有一个高音喇叭不停地向外播放音乐，看得出来里面有很多人在开会，放音乐可能是不让外面的人听到。放着音乐的电影院透出了一股神秘感，所有人都在猜测里面到底在讨论什么，谜底在近一个月后才揭开。

有一天晚上，辛江正在上晚班，当时辛江打开了床头箱正忙着，突然过来了一个党员师傅，通知第二天下午三点开会。大家就开始打听开什么会，党员师傅显得很为难，沉默了一会，还是压底嗓音告诉大家：林彪叛国摔死了！

就像刚经受了一个震雷，在场的人都大吃一惊，手开始发抖，突然，开机床的女工哇哇地嚎啕大哭起来。这群青工其实就是一些十六七岁的小孩，确实是被吓坏了。虽然他们也算是经历过“文革”的人了，但是听到这个消息还是十分震惊——他可是党章中规定的接班人啊！第二天，全厂开大会，传达了关于林彪反革命集团策动武装政变阴谋败露后，于1971年9月13日乘飞机外逃叛国，途中机毁人亡的“九一三事件”的中央文件。

“九一三事件”后，一些在“文革”期间建立的工业区逐步开始萎缩，一些没有上马的项目停止了，一些项目缩减了。一些已经盖好的厂房虽然开始生产，但是由于生产什么产品还不太确定，也是转产过多种产品，几经周折才确定下来的。

辛江就是因为“文革”期间建设工业区而被招进工厂的，当时规划的工业区建设规模非常庞大，计划要建设八厂一矿，这在“九一三事件”之后大大地缩小了规模，将八家工厂调整合并为两家。

随着轰轰烈烈的工业突破冷清下来，与辛江一起进厂的不少同志被调整了工厂、车间、工种与岗位，甚至还有十几个女同志被抽调去读地区卫校，三年毕业以后全部进了医院，穿上了白大褂。还有一些男职工被调剂到事业单位的技术工人岗位上，在新的单位做起电工、水暖工等。因为辛江他们所在的工厂是所谓的地区管理的工厂，有着正式的劳动局大印与工人身份，是可以在全区调配的，因此不少职工都在区内各个工厂间调来调去，这也算是那个时代的一个独特现象吧！

后来，辛江为了照顾父母，也直接由地区主管局开调令调回父母原来所在工厂。由于他在此之前出差较多，所借的公款没有还上，走的时候，欠了厂里面160多元钱的债务，没想到这也被转移到了下一个工厂，并在后来的工厂中逐步扣还。辛江的母亲为此气得要命，说他在外面工作10年，一个钱没有存上，最后还欠了一屁股债回家，这也算是计划经济的“好处”了。

2. 地里冒出个张铁生

1973年夏天，辛江所在的工厂接到一个任务，到附近的农村修水泵与碾米机，此时的辛江已经当了两年多学徒，虽然有了点机械知识，但是还是没有什么经验，好在同行的龚建比较在行。

龚建是共产主义劳动大学农业机械专业毕业的，所以心里底气比较足。

辛江修理的双吸泵很快就搞好了，老乡觉得他们技术不错，又让他们修理大队的碾米机，碾米机的发动机是一种单缸柴油机，这对农业机械专业毕业的龚建来说比较拿手，龚建给辛江耐心地解说：

单缸柴油机属于内燃机的一种，它是燃料直接在发动机的气缸内部进行燃烧的热机。燃烧中产生的高温高压气体经过活塞连杆和曲柄连杆机构，将活塞的往复直线运动变成曲轴的旋转运动，以实现热能和机械能的相互转变。单缸柴油机的每个工作循环都经历四个过程：进气、压缩、做功和排气。运行四个冲程，完成一个工作循环的柴油机，就叫做四冲程柴油机。然而，四个冲程在一个工作循环中只有一个行程是做功的，而其余三个行程都是为做功行程创造条件的辅助行程，因此，单缸柴油机的工作不稳定，所以发出噗噗噗的响声，振动也比较大，排气管还会冒烟，这种老掉牙的机械，现在已经不多见了。

中午，辛江和龚建吃的是“派饭”，也就是安排到一家农民家去吃饭，也许是来了客人，除了雪白的米饭与青菜以外，竟然还有一碗咸肉，肥肥的、油汪汪的，令人垂涎欲滴。吃过中饭以后，大队干部把他们招呼到大队部休息。大队部有一个报架，上面夹了一些报纸，辛江睡着了，龚建就在那儿看报纸。在去上工的路上，龚建神情严肃地告诉辛江：形势变了！

龚建所说的形势变了的新闻是《一份发人深省的答卷》，也就是后来人们熟知的张铁生事件。当时，辛江很佩服龚建，佩服他还知道什么“形势”，什么“变化”。当然，随着经历越来越多，辛江也越来越知道“形势”变化了。

1973年，辽宁考生张铁生在大学招生文化考试中交了白卷，却在试卷背后写了一封为自己成绩低劣辩护的信。1973年7月19日，《辽宁日报》头版头条以《一份发人深省的答卷》为题，刊登了张铁生的这封信。8月20日，《人民日报》转载了张铁生的信，随后，全国各地报刊纷纷转载，张铁生一夜之间成了名噪全国的勇于交“白卷”的反潮流英雄。

张铁生事件确实影响了一代人，因为这一事件而取消了高考，科技人才出现了断层。但是，越是失去了受教育的机会，工厂工人们对于这个机会就越重视，辛江与龚建就曾经为争夺上大学的名额差点大打出手。

3. 工农兵大学生

辛江曾经三次竞争上大学——竞争工农兵大学生的名额。什么叫工农兵大学生呢？“文革”开始后，全国的大学都停止招生。进入20世纪70年代，大学开始复课，从工农兵中选拔学生，招生办法实行群众推荐、领导批准和学校复审相结合。后来人们把这些从工农兵中选拔的学生称为“工农兵大学生”。从1970年到1976年，全国共招收工农兵学员7届，合计约94万人。由于废除了招生考试，工农兵学员的文化程度差别很大。1993年，国家教委、人事部联合下发文件规定，1970至1976年入学的高等院校毕业生，即工农兵大学生的学历，国家承认为“大学普通班”，简称“大普”。

当我问及为什么当时读书的愿望那么强烈的时候，辛江说可能是受“文革”时候的刺激，因为当时受父亲的牵连，没有资格读初中，后来只是经过要求去读了两年农业中学，就更别说是高中了。进入工厂以后，又发现文化知识很欠缺，所以特别想读书，而此时恢复招生的工农兵大学生正是好机会。渴望上大学，是因为曾经没有书读的缘故；不让上中学，那么我就要读大学。这可能就是辛江最初的动因。

辛江第一次报名在车间这一关就给刷下来了。第二年，由于报名的人比较多，但是厂里只有一个名额，就让各车间推荐一个到厂部。辛江知道对手关系硬，就做了一点“手脚”，在事前写了一份慷慨激昂的决心书，与班组里的一个参加车间推荐会的代表暗中联系好，在会议要开始投票的“关键”时候，这个代表就从车间的会议室推开窗子挥挥手，然后辛江就冲进会议室朗读决心书，又郑重地把决心书交给车间主任，请他呈交工厂革命委员会。由于辛江慷慨激昂的陈词，车间的评委们不知道如何是好，最后决议，把矛盾上交，把当时两个候选人的报名都提交厂部，由厂部去决定。没想到，这一年辛江他们车间获得上学名额的却一个也没有，而变成了别的车间的另外一个人去了。辛江肯定地说，肯定是他的“来头”更大一些。

又一年，当时是选拔最后一届的工农兵学员，这次的经历则更加富有戏剧性，当时最后的角逐本来是在辛江与龚建两个人之间竞争，辛江因为头一年的强烈要求与表演，大家都知道了，因此获得了一些同情分。但是龚建又使出了一招，就在外面放风说辛江今年不想上大学了。辛江得知后火冒万丈，决定揍他一顿，就把他约到一个偏僻的地方去质问他，揪住龚建的衣领用力摇，想激怒他，让他先动手，然后好揍他。可是龚建既不还手也不还口，搞得辛江无计可施，只好口头警告一番就把他给放了。

没有想到，半路上杀出一个程咬金，当时与辛江和龚建一同进工厂的一个女生因为谈恋爱失败，为了逃避感情问题，突然在选拔的最后阶段要求读大学了。这个女孩的父亲在“文革”中自杀了，但是她的那些曾经同为“走资派”的叔叔、伯伯们已经恢复了工作，肯定会帮忙这个孤儿的。由于“上面”打了招呼，所以最终是她成为了最后一届的工农兵学员。这可能是最好的结果，辛江与龚建两个竞争对手得知这个消息后都哈哈大笑起来，又恢复了好朋友的关系。还幽默了一下，称这个经历叫螳螂扑蝉，黄雀在后。

4. 邓小平“整顿”的影响

一天下午，辛江他们工厂通知全厂职工召开大会，会议传达了一个中央文件，说毛主席说了，邓小平柔中有刚、绵里藏针、人才难得，恢复了国务院副总理职务。文件发至全国各基层党组织，将邓小平复出这个事情通报给全党及党外群众。

邓小平主持工作以后，在1975年搞了一次整顿，只短短八九个月，就取得了显著的成效，逐渐恢复了正常的生产秩序、工作秩序、社会秩序。后来邓小平说，改革开放，实际上我们在1975年已经试验过一段，不过那个时候叫“整顿”。

“整顿”的工作在工厂有明显的反应。当时工厂实行八级工资制，技术工种需要经历学徒期三年，三年后，只要不犯错误或者受到处分，都能够如期转正，定为一级工。到了第四年，也就是转正后一年，就可以定为二级工。定为二级工也没有问题的，就可以享受二级工待遇了。

1975年，辛江工作已经满四年，根据规定应该升任二级工了。但是这次工资升级，厂里要求进行技术考试，要求符合资格的候选人要按标准要求挫一个六角螺帽。

技术考试的气氛被搞得很紧张，车间主任、技术员、检验员都在场，还围了许多工友观战。八个人站在两张台钳桌前，每个人的台虎钳左右两边早已经准备好了弓锯，大大小小不同规格的粗、中、细锉刀，还有油光锉刀甚至不同粗细的砂纸，考试时间为30分钟。随着一声开始，八把锉刀立即挥舞起来……

辛江他们经历的这种考试虽然说是考试，却又像是比赛或者技术比武了，搞得人非常紧张。经过“整顿”后的这种考试，大家对于学习技术就更加不敢懈怠了，做工的压力也越来越大。从此以后，打破大锅饭、多劳多得逐渐成为人们的共识。以后的各种技术考试、比武也越来越多。

三、卅年厂长鞠躬尽瘁

金老头又叫老金头，在他那个市里是担任厂长时间最长的厂长。他从1950年开始担任厂长起，一直到1984年离休，减去“文革”中挨批斗“靠边站”的三年，他在多个工厂担任厂长达30年之久。就这个资格来说，没有人敢于和他叫板。

以前他有一头乌黑的头发，还是自来卷。由于性子急，“文革”中挨批斗了三年，渐渐变成满头白发了，那时才40岁出头，所以有的职工背地里又叫他“白头发”。在他担任过厂长的工厂里，“白头发”成了一个符号：车间里边，只要哪天没有看到“白头发”，人们就会觉得今天的工作还没有结束；工厂进行关键工序、试制新产品的地方，或者是重大设备、高炉旁边，只要出现了“白头发”，那么职工们就会感觉踏实了不少。而当有人聚在一起聊天，或者干点私活什么的，只要听到“白头发”来了，就会像鸟兽般飞快地奔逃，回到各自该去的地方，还要警觉地用眼睛瞄着他下面是往哪个车间去了，因为他常常会杀个回马枪。

金老头对自己和家人要求极其严格，去世之前他对家人有三点交代：不设灵堂、不开追悼会、不准收礼。唯一的遗愿是请求党组织根据规定，在遗体上覆盖中国共产党党旗。老厂长的墓碑上镌刻着这样两句话，这也可以看作是对他一生的总结：

忠诚战士，为民族独立、祖国解放英勇战斗；卅年厂长，为国家富强、工业振兴鞠躬尽瘁！

这两句话很贴切，丝毫没有一点夸张。金老头是江苏人，参加过新四军，在沙家浜一代打日本鬼子的时候是机枪班长。后来又参加了淮海战役、渡江战役，立过两次功。解放军南下到半路的时候，他因为“打摆子”，就留在了当地。在他担任厂长的30年间，为职工们做了不少好事，深受职工们的爱戴。

1991年，他曾经担任厂长的一家水泵厂召开庆祝工厂成立40周年纪念大会，由于工厂在市里的地位高，又是财税大户，所以市里的领导都悉数参加。但是他们都谦虚地坐在了主席台的第二排，而把第一排让给了历届老厂长、书记。会议主持人逐个地对纪念大会上的嘉宾进行介绍，当介绍到金老头时，市里的领导被惊得目瞪口呆——只见会场的一千多人全部起立，热烈的掌声经久不息，长达数分钟之久。当市委领导祝贺完毕以后，主持人理所当然地把老领导代表讲话的荣耀让给了金老头，金老头讲的无非就是些祝贺、希望之类的话，而在短短不到几分钟的讲话时间里，又多次被职工们的掌声所打断，讲话完毕以后，职工们又是起立鼓掌。

其实，当时在场的有的青年工人只不过是跟着父辈、师傅们起立而起立鼓掌的，他们也只是曾经听到过一些关于金老头的传说而已，只有亲身经历了与金老头一起工作的职工，才会知道金老头给了他们多大的震撼。老厂长在“文革”中受了很多磨难，而被宣布获得“解放”之后，他又立即被分配到另外的工厂去了，再也没有回来到这个主席台上。职工们还没有来得及向他致意、安慰或者致歉，趁着这个机会，多种的感情全部爆发出来了，所以才出现了前面的那一幕。

这家水泵厂最初创建于1951年，当时只有十几个人，1958年大跃进的时候，区里将全区的几个小厂合并，成立了这家水泵厂，安排金老头去当厂长。国营企业大都经历过比较长期的艰苦创业阶段，都是从最初开始的小打小闹，一点一滴建设起来的。而金老头所在的企业经过金老头带领职工不断拼搏奋斗，化无为有，在“文革”前就已经成为了机械部的部属定点工厂，当时工厂拥有设备令不少机械行业的同仁羡慕不已：沈阳机床厂的各式车床、中捷友谊厂摇臂钻床与卧式镗床、上海的万能磨床、杭州的平面磨床、齐齐哈尔机床厂的立式车床，还有当时苏联、东德、捷克的进口机床。在金老头的带领下，工厂的福利也搞得不错，有医务室、图书馆、灯光球场、大礼堂，工厂里每个周末还有舞会，乐队的乐手们都是厂里的职工。

金老头有三大特点，一是原则性强，爱憎分明，眼睛里不容沙子。违反原则的事情，他绝对不干，那个时候，还没有什么“腐败”，但是如果要想到他那里开点后门，实在是困难。二是离不开工厂，事业心极强。三是急。这从他走路的时候风风火火的样子就可以看得出来。他似乎永远保持着在部队养成的习惯，总是腰杆笔直，两眼目视前方，三步并作两步，上下楼梯的时候，从来不会一格一格地走。

1979年，国家给40%的职工加工资，竞争激烈。金老头厂里面有一个青工，仗着其父亲是另外一家工厂的领导，要打抱不平，在党委开会讨论的时候带着几个人冲进会议室要表达诉求，这种事情在粉碎“四人帮”之前是经常发生的。老厂长顿时火冒万丈：你竟敢冲击党委会？你还想搞“文革”那一套啊？你给我出去！然而，“冲击”党委会并没有影响到该青工自己增加一级工资，也就是说没有人给他穿小鞋。因为这位青工自己还比较优秀，他是帮别人出头的。当我采访说到这段经历的时候，他还是挺感激金老头的。说金老头虽然眼睛里不容沙子，但是却绝不会打击报复，批评过后就完毕了。如果轮到犯了大错真正需要处理，他也还会尽力保护，尽量减轻处分，看重“治病救人”。职工们对他的这个特点也赞赏有加。

金老头在职的时候，好像天天都是穿工作服。平常，只要没有出差或者会议，那他一定是去车间里了。他熟悉工厂，虽然不是机械专业科班出身，但是由于肯钻研，时间长了，他懂技术，能够看懂图纸与工艺文件，所以谁都蒙不了他，这也是技术人员怕他的原因。只要一讲到工厂或者产品，讲到机床设备，他就会津津乐道、眉飞色舞。当时厂里规定领导干部每周要到车间劳动一天，有的干部不太愿意，但是他却是绝不肯拉下的。铸造车间是他必去的地方，尤其是“开炉”的时候，他总是会去看看。由于“开炉”常常是在晚上进行，火苗映红了半个天空，他每次都要等到铸件浇铸完毕，鼓风机停息以后，才会恋恋不舍地离开。新产品试制的时候，他几乎与技术员工人们一样，盯住现场，每次都要职工们劝好几回，才肯离开。

有一次，一个复员军人不知道厉害，躲在机修班的库房里埋头擦他那新买的凤凰牌自行车，金老头进去后就静静地坐在旁边的凳子上，端着表在那里看。后来进来几个工人看到他就问，厂长你坐在这里干什么？厂长说我在这里看他擦自行车，看他要擦多长时间。这个擦自行车的人抬头一看厂长笑眯眯的脸色，吓得赶紧飞逃。其实，这个复员军人是幸运的，金老头这样笑眯眯的时候可不多，更多的时候，他会提出严厉的批评，会训人，甚至会喊叫。也许是长期训人的结果，他的嗓门极大，在上千人的大礼堂，完全可以不用麦克风，有几次停电的时候，他说话的声音后排的人照样能够听得一清二楚。有时候，有工厂职工的孩子溜进工厂“偷”东西，比如用过的废弃棉纱，上面沾有机柴油，做饭时可以点柴火或者煤球炉子；还有报废的轴承，可以用木板做成三轮小车推着玩。如果工人们遇见了，就会好心地告诫说，当心金老头来啊！如果是有人大喊一声——金老头来了，孩子们一个个跑得比兔子还要快。

金老头性子急，以至于到晚年的时候，他还不会散步，即使难得地与其夫人出来走一走，也是一个在前、一个在后，走在前面的他还要回过头来不停地催促老伴快点。其实，这一特点也与他长期在工厂有关系，常年与机器打交道，耳中充满了马达的轰鸣声，眼前是火红的铁水与钢花四溅，金属切削加工时候的铁屑飞舞，心中充满着任务二字，心里想着超额，惦记着计划、产品与质量，后来还有工资奖金的压力。这一切，都会使这个厂长形成一种快的观念，养成一种急的脾气。

他对儿子的要求极其严格，打儿子的时候绝不手软，儿子非常惧怕他，他打的时候，不管场合，职工看到也没有人敢于劝解。以至于儿子长大以后，与他一天说不到几句话。改革开放以后，不少老干部都给在“文革”中吃了苦头的子女做一些安排，比如弄到机关事业单位，再不济的话，也弄个“以工代干”的身份，可是他就不肯，说是一切要靠自己。

可金老头万万没想到，就是他的这个特点让他在“文革”中吃尽了苦头。

1966 年 6 月初的一天，全厂职工大会，地点在厂灯光球场，厂长金老头站在球场的“司令台”上，正在高声朗读着一篇文章，高音喇叭里传出他铿锵有力的声音，夕阳刚好射在他的头上，依稀已经有了几根白发。金老头朗读的是 1966 年 6 月 1 日《人民日报》刚发表的一篇社论，题目叫做《横扫一切牛鬼蛇神》。

令金老头没有想到的是，在他坚定地贯彻中央文件的几个月之后，牛鬼蛇神的帽子就落在了自己的头上，而且还不是一般的牛鬼蛇神，是牛鬼蛇神的保护伞，还是黑的。这年9月3日晚上，工厂俱乐部里，有的人在借书，有的人在打牌，有的人在外面大厅里打乒乓球，人最多的是阅览室，人们在那里看报纸杂志。突然，涌进来一伙人，有人大声介绍说：这五个人是北京来的红卫兵小将，南下来发动群众，我们请他们介绍一下北京“文革”运动的情况。来的五个人是北京高校的学生，可能都不到20岁，非常年轻。他们说此行的目的就是南下来煽风点火的，煽革命之风，点革命之火。说这次“文革”的重点，是整党内走资本主义道路的当权派。但是，现在你们这里的“文革”运动冷冷清清，连大字报、大标语都没有看到，被走资派压下去了。而北京的运动已经铺天盖地、如火如荼地开展起来。

随着喊口号的声音此起彼伏，涌进阅览室的人越来越多，以至于到处都是人头，到处站满了人。这五个北京来的小青年要求，当权派也就是厂长金老头必须到现场来回答问题，因为革命无罪、造反有理，马克思主义的道理千头万绪，归根结底就是一句话，造反有理！

金老头是每天晚上都要下车间的，这天像平常一样，他刚刚从车间里出来，就被人告知，俱乐部阅览室来了一伙北京来的红卫兵，并且还要求他去回答问题。金老头很快来到现场，面对红卫兵的严厉质问，以及把这些红卫兵引进工厂来的、想要开始造反的厂里少数职工的轻声诱导（因为这个时候还在运动的初期，他们还不太敢于大声对待德高望重、威望崇高的厂长），金老头回答得简短有力，无非是要按照中央文件与社论的口径，说运动要在党委的领导下进行，说已经多次传达中央文件，正在发动群众阶段。并且话锋一转，问这五个小青年是从哪里来的，有没有介绍信，谁带他们到工厂来的，晚上闯进图书室是否合适？这样一来，风向很快转了，多数群众转而把矛头对准了厂子里的那几个人，并且向这五个小青年发难，要他们离开工厂，不要影响生产。最后这几个人灰溜溜地走了。结果没想到，这就成了后来金老头压制群众运动、反攻倒算的一条罪状。

情况很快发生了变化，矛头很快地指向了金老头本人，因为运动的重点是整党内的走资派，是整那些扛过枪、打过仗、渡过江的人。还是在工厂球场的司令台上，金老头这次双手被两个大汉反剪着站在司令台上。也许他还在“负隅顽抗”，总之是不能让造反派满意，金老头的头被压得越来越低，最后是反剪着手跪在地上。斗争在不断地升级，有人拿来了一根粗粗的抬东西的竹杠，塞在了老厂长的膝盖弯下面，这时候上去两个人一踩，疼得金老头大叫了……

1969 年，党的第九次代表大会召开，会议之后，有一批老干部被“解放”并且安排了工作。金老头从牛棚里被直接带到“解放”的会场的。第二天，就被安排参加全区“解放”干部的学习班。学习班之后，金老头被降级安排到该区的一个大型有色金属矿的机修厂，担任党总支副书记兼革命委员会副主任。这个矿是亚洲最大的金属矿山，也是一个世界级的大矿，有一万多人。机修厂也有八百多号人，这次，金老头算是搞起了老本行，他很喜欢。

金老头的辉煌是后来又办成了一家国家二级企业。1973 年，金老头被调到一家汽车配件厂，当时这家工厂是由三家工厂合并而来，由于没有找到适销对路的产品，企业一直在摇摆之中，既搞客车修理，又搞汽车配件，甚至还制造一种 2.5 吨的轻型卡车。

凭着金老头长期的经验与敏锐的眼光，他力排众议，转产于大客车，又开发了后置式发动机，一下子就扭转了企业的经营状况，被第一批授予了国家二级企业。在20世纪80年代的时候，这个厂的人均利税就已经有一万元，产品行销全国，远销菲律宾、孟加拉、智利、秘鲁等国家。他们曾经得奖无数，荣获过省、部优质产品称号，首批名牌产品，省著名商标等。企业也连年被评为“省市级先进企业”，荣获全国五一劳动奖状，在生产经营中作出了大成绩。

金老头一辈子把事业与工作为第一，有一次生病住院，一些干部来探望他。大家知道金老头的脾气，来看望的时候一般不带东西，不过多地询问病情，就直奔工作主题。有一个生产科长就是这样，爬在金老头耳边把工作作了一个小时的汇报，他知道金老头看中的是什么。果然，金老头出院后更加欣赏他了，调他担任销售科长，轮了一遍岗位，离休前把他提拔为副厂长。直到今天，老职工说到金老头的时候，仍然赞不绝口。

第四章

工厂里的“兵”

一、武装基干民兵——要准备打仗

中国民兵初建于第一次国内革命战争时期。革命战争年代，民兵为争取民族的解放、为赶走日本侵略者、为新中国的成立作出了巨大的贡献。抗日战争胜利的时候，中国共产党领导的正规部队只有100多万人，而民兵却有200多万人。民兵基础是我党能够取得胜利的一条重要的经验总结。新中国成立以后，党对于民兵工作又提出了新要求：实行军民结合、平战结合，全民办国防的方针。即在服从国家建设大局的前提下，用国家的经济建设促进国防建设，通过国防工业和国防科技的发展来促进国民经济的发展；在经济建设各方面的发展中，有计划地照顾到国防事业的需要。今后中国人民抵抗侵略、保卫祖国的战争，就是现代条件下的人民战争。辛江曾经当过六年的武装基干民兵，说起自己的这段经历，辛江到现在还十分动情：

> 与许多青年人一样，我从小就向往当兵，可惜接连几年都没有成功。先是年龄不够，后来又因为竞争太激烈而落选，因为我有一个致命的“不合格”条件——“独子”，其实我有妹妹，但是在当时，只要家中只有一个男孩，就算是“独子”。所以，我只能够当民兵，也算是了却了一桩心愿。

辛江当过的武装基干民兵，类似于如今的预备役。什么是民兵呢？民兵是国家的后备武装力量，《中华人民共和国国防法》规定：民兵在军事机关的指挥下，担负战备勤务、防卫作战任务，协助维护社会治安。各大军区按照上级赋予的任务，负责本区域的民兵工作。省军区、军分区和县（市）人民武装部是本地区的民兵领导指挥机关；乡、镇、部分街道和企事业单位设有人民武装部，负责民兵和兵役工作，而武装基干民兵就是民兵中的最高等级，他们是有武装、武器的。

我们工厂的武装部一般与保卫处合并办公。在一段时间里，我们工厂就有自己的武器库，有步枪、冲锋枪、迫击炮。每年除了有一些日常业余的训练外，还有一定时间的集中训练，训练的科目是我军的“五大军事技术”。所谓“五大军事技术”，是指射击、刺杀、投弹、爆破和土工作业。射击、拼刺和投手榴弹不必解释，土工作业是指如何修好工事和防御阵地，以使部队更好地隐蔽自己，集中火力，消灭敌人。爆破是指用炸药包消灭敌人的工事火力点、障碍物和坦克等目标，爆破最壮丽的形象是董存瑞手举炸药包炸毁敌人碉堡。在准备打仗和全民皆兵的时代，相当多的武装基干民兵都参加过这种军事训练。

一开始，我们用的步枪是七九式步枪，这种枪很长也很老旧，据说是清末建新军时从德国开始进入中国的。后来又换为相对新一些的三八式步枪，又叫三八大盖，是日本造的，就是《战斗进行曲》里唱的那种，“我擦好了三八枪，我子弹上了膛，我背上了子弹带呀，勇敢上前方。别看它武器好，正义在我方！我撂倒一个，俘虏一个，我撂倒一个，俘虏一个，缴获它几枝美国枪！”当然，最初我们用的武器都是部队换装换下来的。后来，就渐渐地用上了崭新的国产五六式半自动步枪了。前面两种枪，需要打一枪拉一次枪栓，而半自动步枪是一种子弹自动装填上膛的步枪。半自动步枪枪弹击发后，利用部分火药气体的后坐力进行退弹壳，子弹自动装填上膛，并准备再次射击，每扣压一次扳机就能发射一发子弹。

民兵的任务会随着布防的需要，根据上级的命令经常更换兵种，因此，武装基干民兵也许比有些部队的战士更多地使用不同的武器。例如，除了步兵以外，我们也曾经担任过步兵连炮兵，先是用60毫米轻型迫击炮，还是老掉牙的，战争年代使用过的；后来换上了崭新的国产82毫米迫击炮。又后来，随着布防与分工的变化，我们民兵连主要承担防空任务，因此使用的武器是高射机枪，我们也就叫做“高机连”。高射机枪也进行过实弹射击，先是平射，即在这个山头上射击对面山头的靶子。还搞过几次对空射击，靶子用的是风筝。我们使用这个武器一直到退役。

在当民兵的过程中，除了训练以外，我们与许多军人一样，仗是没有打过的，主要任务是站岗、救灾、支农、搜索。记得最好玩的是有一次搜索，寻找台湾方面飘过来的降落伞，只是没有抓到特务，也没有缴获武器。找到的降落伞除了他们的宣传单以外，还有许多白糖和肥皂，因为这些东西当时我们短缺，要凭票供应，是人家的攻心战术。当然，我们自己是绝对不敢拿的，都上缴了。

由于我们的工厂不在城市里，当地政府还在周边我们这几家矿山工厂成立了业余消防队，人员都是从民兵里面抽的。除了没有专业的消防车以外，其他的装备与正规消防队相同，有战斗服、高帮雨靴，钢盔等，配备了水枪、水龙带。救火的设备是一台以汽油机为动力的水泵。我们每年也要进行训练，从警报拉响到水枪出水的时间是有要求的。上级来人做过多次检查，我们也做过多次的汇报演练，受到好评。新中国成立后，中国民兵在建设祖国、保卫祖国中发挥了重大作用。因此，民兵制度仍然是国防体系中不可缺少的部分。我们亦不后悔当时的那一腔满腔热血与摸爬滚打。

二、工厂里的退伍兵

在我的调查中，我找到了好几种类型的退伍兵，现在我根据他们情况的不同，分别记录下他们的故事。

1. 到过越南打仗的炮兵龚师傅与武师傅

在访谈中，我遇到了到过越南打仗的退伍兵龚师傅与武师傅。1970年，他们俩退伍分到金老头创办的水泵厂，当年一同分到该厂的还有十几个复员军人，都是曾经参加过“援越抗美”的炮兵。在当时，农村出来当兵的能够分到国营企业，已经是很不错的安排了，这或许与他们到越南战场打仗有关系。他们俩的打仗经历也让一些青工经常围着他们，听他们讲在越南丛林中的生活。不过，他们说得最多的是蚂蝗、蚊子，以及身体上湿热带来的“痒”。这两位师傅的家在当地农村，退伍后娶妻生子，家庭负担都较重，而老婆孩子还在乡下，距离工厂有二三十里地。因此一到周末，他们就会骑自行车赶回家里去，星期一再赶回工厂上班。他们经常从家里带回一些自己家腌制的咸菜，中午吃饭的时候，与大家一道分享。他们俩都是共产党员，是在部队里入的党，当时叫“火线入党”，工厂对他们挺重视，安排担任了党小组长或者车间党支部委员，所以会经常吆喝交党费或者开党员会议什么的。

2. 参加过“西沙自卫反击战”的老西

20世纪70年代有一部电影，叫做《南海风云》，这部电影就是反映“西沙自卫反击战”的，指的是1974年1月19日在西沙群岛西部的永乐群岛海域，解放军海军与南越海军间发生的一次小规模的战斗。结果是南越海军撤退，中国人民解放军占领了西沙群岛西部的永乐群岛中的珊瑚、甘泉、金银三岛，并巩固了我国对整个西沙群岛及其周边海域的控制权。电影讲的就是在西沙群岛打击南越海军侵入我领海的真实故事。《南海风云》里面的一首歌非常好听，叫做《西沙，我可爱的家乡》，当时的青年工人都能够哼上几句。

钳工老西就参加过“西沙之战”，并与舰船一起立过集体二等功。讲起当时他在西沙海战中的故事，他仍然是那么记忆犹新：

> 战争的场面非常激烈，由于双方都在猛烈地开炮，舰艇摇晃得几乎要将人抛出去了；由于不停地发射，连炮管也打红了。我是负责填炮弹的，几个小时拼命快速地填炮弹，以至于后来手肿起来好几天抬不起来。

老西的特点是非常好动，朋友多。刚刚退伍那会儿，老西干活还是挺不错的。由于脑子灵活，学习技术也快。但是没有过两年，他在班组里就待不住了。随着改革开放之风的吹开，老西开始在外面偷偷地做点生意，可以算是最早“下海”的一类。一开始还是小打小闹，渐渐地发起来了。由于他是本地人，他们家有六个兄弟，家族势力大，朋友圈子广。

后来，老西承包了铜矿选矿厂流下来的水矿池，可以从那里过滤出海绵铜。海绵铜就是海绵状的铜，老西承包的水矿池过滤出的海绵铜是一种高品位的海绵铜，可用于提炼金属铜，也可用于压铸。那可是个好东西，经过沉淀和化学处理，里面又可以分解出金、银等各种宝贝。为了争夺它的承包权，老西曾经多次与人大打出手，但是由于家族势力大，屡屡获胜。再后来他曾经参股投资了两家煤矿和一家小水电站。现在两家煤矿都已经关门了，只经营着那家小水电站，衣食不愁。由于孩子到北京读书后留在北京工作，因此老西早早地就在北京买了房子，现定居在北京。由于不差钱，他不太在乎社保、退休的事情。

3. 参加过对越自卫反击战的朱庆庆

朱庆庆，因为母亲早逝，顶替母亲进了工厂，后来从工厂里入伍当了兵。庆庆小时候特别调皮，学习成绩也不好，但是非常讲哥们义气，经常为朋友两肋插刀，打架是出了名的。因此回家后常常被父亲打。没有想到，他的这点长处在战场上也派上了用场。他1979年在对越自卫反击战中立了一等功。当他立功的消息传到工厂的时候，同事们都高兴极了，工厂的广播里那几天天天报道。但是，大家也深深地为他的身体担心，因为那时他还躺着医院里，肺部被子弹穿过。

可是这小子不争气，正要安排他去军事学院学习并且提拔为干部的时候，据说是犯了“泄密”的错误，提前复员回工厂了。回到工厂以后，庆庆整个人都变了，不爱说话，尤其不谈他打仗立功的事。有一年过年，在外地的哥哥回家了，可能是多喝了几杯，他终于开口讲了打仗的故事，这些事此前连他哥哥也没有听过。他的故事是他的哥哥告诉我的，其中有个情节给人印象深刻：

> 有一次，庆庆他们连队打得只剩下十几个人了，战争十分残酷。我问他为什么那时候那么勇敢，他说，当时只有一个念头，就是报仇。他说，看到自己朝夕相处的战友

都牺牲了，当时已经打红了眼睛，只有一个念头就是报仇，根本就没有考虑自己的生死。庆庆的“哥们义气”——此时成了爱国主义式的勇敢，在战场上得到了体现。也许，庆庆小时候喜欢打架可能在战场也派上了用场，否则死了那么多人，为什么他就存活下来了呢？看起来男孩子小时候调皮点也不必苛求。

前几年，庆庆被当地民政局列为优抚对象，由于是一等功，每月补贴1100元，加上工厂里的工资2000多元，这样每个月就有3000多元了。这在当地算是很不错的了。

4. 在海边站岗的龙山

内地的人都很向往大海，反映海防的电影例如《海鹰》、《秘密图纸》等尤其受欢迎。在20世纪70年代，又有一部反映海岛建设故事的电影叫做《海霞》，是根据《海岛女民兵》小说拍的。电影中，大海与海岛都被拍得很美，还有那海上的日出日落、朝霞晚霞都非常令人向往。渔家姑娘在海边挎着冲锋枪，白天站岗，晚上巡逻的飒爽英姿也给人留下了深刻印象。通过对多人的采访，我终于找到了曾经在海边当过兵的一位退休工人，他就是退休钳工——龙山。

龙山曾经在海边当了五年兵。他不喜欢说话，以至于年过30还没有娶媳妇。据说这与他家庭负担比较重有关系，因为他每个月都要寄钱回家，除了赡养老人之外，家里还有读书的弟弟妹妹。他的工作特点是心细，任务交给他可以绝对放心。比如修理中清洗机床的变速箱、走刀箱部分，他就像伺候新娘似的反复地擦洗，真正做到一丝不苟，绝不会有一点异物。其实对于传动部分例如传动轴、轴承、齿轮的清洁度要求，大家也是非常注意的，否则就会加剧磨损，如果有异物的话，还会损伤零件。但是他的细致程度有时候搞得别人都不耐烦了，会不停地催促他。

他还有一个绝活尤其受到女工的追捧。有一段时间里，人们不知道从哪里搞来一些薄薄的不锈钢铁皮，就做出了一些钥匙上的挂件，例如刀叉、开啤酒瓶的起子，等等。但是，这些挂件中就属龙山的做得最漂亮、最精细，有雪豹、猴子、鲨鱼，等等，有时还会刻上花，简直就是一件工艺品。女工们发现后爱不释手纷纷找来一块铁皮托他做。他因此欠下了一些债——女工友交来的任务没有完成而受到抱怨。工友们很为他打抱不平，说谁来叫干活，就要给介绍对象，最好是自己的妹妹。但是由于都知道他的家庭负担比较重，没有人愿意将自己的妹妹介绍于他。

退伍以后的很长时间里，经过许多同事的打听，人们才大致弄清了他在部队是干什么的：

> 龙山在福建当兵五年当的是通信兵，任务是在厦门的一座面向大海的高山上负责监听，当然主要是监听来自台湾、金门的无线电讯号以及空中飞过的飞机发出的电波讯号。这一听就听了五年，没有娱乐、没有球场，饮水全靠山下送上来，洗澡也是一桩奢侈的事情。即使是老兵，也要一个月才能请假下山一次。当初为了伪装，山上的地形完全保持了原貌，高低不平，石头林立，逼仄狭长。

要在这样的地方，在石头垒起来的地下室里竖起耳朵站岗五年，真是不容易啊！一般人很难坚持得住。同事们后来逐步理解了他一天说不了几句话的原因——他曾经在五年的时间里都没有说过几句话啊！即使退伍后还遵守着各种保密条例。那么为什么他能够那么细心，为什么锉削、刮削、手工都做得极好，因为心静啊。这也许也是在那山顶上站岗五年的结果。

直到38岁，他才经人介绍找到了老婆。工厂卖掉的时候，他离退休还有两年，坚持两年之后，龙山办理了退休手续，结果还算不错。

5. 当汽车兵的飞翔

通过接触辛江，我认识了与辛江关系要好的飞翔，辛江与飞翔曾经是同一个工厂里同一个班组的同事，飞翔是在部队里面当运输兵的。经过辛江介绍，我才渐渐了解了飞翔的故事：

> 飞翔在部队的时候，我在三个阶段到过上海浦东他所在的部队。他当的是汽车运输兵，是炮兵部队拉大炮的。开的是一种法国的载重卡车，能够拉十几吨，他们叫它为戴高乐。汽车的驾驶位很高，这一点我印象非常深刻。
>
> 第一次去到他的部队的时候，他才当了两年兵，还是战士，中午饭就是在汽车的驾驶室里面吃的。1976年，当时吃的东西还是挺紧张的。他用很大的碗端了两碗面条过来。记得当时是细雨蒙蒙，我们就躲在驾驶室里吃。面条上面漂着几根青菜，没有什么油，看起来，生活还是比较艰苦的，并不比工厂的生活好。当然，这叫吃大灶。这次印象最深刻的一件事是，正好下午他要出车到浦西去，就捎上我，为什么，要让我看看汽车要通过的黄浦江隧道。当时黄浦江隧道才开通不久，地方的车辆还不能够通行，只能部队的车可以过。在当时来说，这算是很大的工

程了。经过隧道时，我是既紧张又兴奋，感觉通过隧道走了很长时间才走完。

又过了几年，记得后来他去了解放军的汽车运输学校，学习了两年，因为当时会经常通信，他也给我介绍了他的学习情况。毕业以后，飞翔算是有了中专文凭，后来我因为出差又去了他的部队，这时他已经是排长了，吃的就是中灶了，记得有四个菜，两荤两素，当然此时的副食品供应已经大为好转了。

第三次我去看他，情况就更加不一样了，此时他已经是连队的指导员了。当时只有他们连驻扎在那个地方，也就是说他是该地驻军的最高长官了。我清楚地记得他吩咐通讯员说，来了好朋友，中午在这里吃饭，你通知搞几个菜，把连长副连长排长他们都叫来。因此中午的饭虽然是伙房自己做的，但是也有十几个菜，连队的干部都来陪我，还喝了啤酒。这就是传说中的小灶啊。

从战士到排长再到正连级指导员，飞翔这十几年的时间真是不容易，这样看，从大灶到中灶到小灶也是一个成长过程啊。让我们曾经很以为自豪的事情，就是因为他出自工人之中。在我们那个时候，去当兵的前前后后有20几个人，能够提干成为转业身份的也没有超过5个。

由于身份的改变，大家的结局是有差别的。飞翔转业以后，由于级别比较高，就去到行政部门当干部了。

三、退伍兵的今天——三个铁道兵的故事

铁道兵的前身是1945年8月在东北组建的一支武装护路队伍，后改为东北民主联军护路军。1953年9月9日，中央军委决定组建铁道兵，从此，铁道兵正式作为一个兵种列入人民解放军序列。1954年3月5日，铁道兵司令部正式在北京成立，最多时总兵力达40余万人。在国家铁路建设中，铁道兵先后修建了成昆铁路、贵昆铁路、襄渝铁路、东北林区铁路、新疆南疆铁路、青藏铁路和北京地铁工程，等等，新建铁路干、支线12590公里，占全国同期新建铁路总数的三分之一，有8000多名官兵为铁路建设献出了生命（包括在抗美援朝战争中牺牲的1136人，在抗美援越战争中牺牲的392人）。铁道兵为祖国的铁路建设立下了汗马功劳。

1982年12月6日，中共中央决定，将铁道兵部队集体转业并入铁道部，铁道兵各师分别改称铁道部各工程局。可以说，铁道兵“脱下军装依然是个兵”，告别军旗仍然是一支劲旅。

我访谈的一个工厂里曾经在一次征兵中应招了13个人，都是铁道兵，这批人中有两人被提拔为干部，大家在退伍后情况不一样，我采访了其中回到企业的三位。

我访谈的第一位是国建，他在部队待了10年，是该批入伍兵中提干的两人其一，所以是以干部身份转业的。下面是国建的自述：

1970年7月，我在县五七中学高中毕业，初高中合

起来就上了四年，加上“文革”，哪读到书哇。本来我是要被下放到农村去当知青的，正好赶上当地大办工业区到各县招工，我属应届毕业生，于是，我所在中学就从两个毕业班一百多人中，采取民主推荐、校方审查、招方确认的办法，招收了20名同学。那个年代是工人阶级领导一切的年代，能从学校直接招工到工厂，成为一名工人，是一件无上光荣的事。我的青春航程也从此开始了。

1972年冬季征兵，我响应号召应征入伍，就这样，当了不到两年的工人就离开了工人阶级队伍，好男儿志在四方，军装一穿，走了。那年冬天很冷，然而，从军的热情驱走了我的寒意。谁也不知道我们将要走向哪里，只知道接兵的是铁道兵部队，专门负责修铁路。

当时，一个排的新兵乘一节60吨的闷罐车箱，打开被子脚对脚睡觉。列车向西整整走了一个星期，过汉中到达陕西西乡，再乘汽车到达集训地陕西省巴县，这里山连山、岭接岭，我从未见过这样的崇山峻岭。数九寒冬，滴水成冰，在河滩上集训，一脚平路都没有。

三个月的新兵集训结束后，我们被送到大巴山腹地的紫阳县毛坝镇，襄渝铁路陕西段将从这里经安康穿过大巴山通往重庆。整整一年，我们在这里清理隧道、打横洞、修边坡、铺道砟，虽然很辛苦，却自我感觉良好，总觉得我为人民修铁路虽苦犹荣。老兵们说，新兵蛋子好运气，艰苦的日子已经过去了，你们赶来时已经要铺轨架桥了。确实，我们这一年的兵分到连队后，主要是完成施工扫尾的一些事，没经受什么大苦大累。

一年多后，部队开始转场，因为我们的部队是在北京的，所以我们脱离了代管的铁道兵6师，要回铁道兵12师去了。而铁6师此时要奔赴新疆再修新线。

从坐汽车进山到乘坐自己亲手建好的铁路进北京，战友们兴奋不已，那是首都啊！毛主席的身边哪！时值12月，大巴山的冬天很冷，北风呼啸，风打着转刮进车厢。列车拐弯时，机头飘来的烟尘会飘进车厢里，不时闯进眼睛。战士们穿着棉衣蜷缩在被窝里，车外，山、树、桥、隧道、夜幕、星光，风景很单调，看厌了，但却合不上眼，激动啊！这一年，我才19岁。

进京的第一个冬天，那寒冷对南方人来说，确实是一个考验。当时地都冻得鼓起来了，水一泼到地上，很快就结冰了，在外面待久了，大家都冻得脸生痛。我们住的是活动板房，砖砌地炉，烧煤取暖。工地上没有高大建筑物挡风，半夜起来站岗，冰冷的钢枪，刺骨的北风，现在想起来，都会觉得后背生寒。

我们到北京的任务是修地铁。地铁一号线就是我们铁12师修的，从北京站往西到石景山区的苹果园，是我们师1966年开始建的，当时是为战备而建，到70年代才投入民用。我们进京后，即开始修建2号线，也叫地铁2号环线。

修地铁，是一个浩大的系统工程，连队分工很细，有木工连、钢筋连、土方机械连、混凝土连、汽车连、给排水连，等等。我所在的连，是个混合施工连。说是部队，我们实际上就是一支穿军装的施工队伍。好在部队用“铁军”荣誉激励鼓舞官兵，微薄的津贴费也并不影响士气。官兵一致，尽心尽力。后来有人总结了这种铁道兵精神：艰苦奋斗、志在四方，逢山凿路、遇水架桥，风餐露宿、沐雨栉风，薪火传承，军魂永铸！

1975年，部队开始裁减撤并。铁道兵作为非战斗部队，也在此范围之中。这年的12月，在京的铁12师、15师成建制地转为新建的基建工程兵，改称为基建工程兵第6支队、7支队，另由其他工程兵和北京市部分建筑公司的管理、技术人员，组建成基建工程兵第9支队，均为正师级编制。铁道兵北京地铁指挥部改为基建工程兵北京指挥部（正军级），管辖以上三个支队。1978年1月，基建工程兵领导机构在北京正式成立，到1979年年底，基建工程兵共辖有10个军级或相当于军级建制的指挥部、32个师级或相当于师级建制的支队、5所技术学校、150多个大队或团，总人数约50万人。我当了三年铁道兵后，又悄然变成了基建工程兵。

这是一支特殊的部队，政委由当时的国务院副总理谷牧担任，受国务院、中央军委双重领导，全军没有这样的先例。实际上有些以建字冠头的基建工程兵部队早在1966年就已存在，例如去“抗美援越”的部队，只是未对外宣布，不被世人所知，也未被视作解放军的一个单独兵种。到1978年成立领导机构后，基建工程兵才有了一个统一的指挥管辖，也才逐步为社会所知。我所在部队改成基建工程兵后，施工任务不变，部队建制不变，但称谓却变了，师叫支队，团叫大队，营叫区队，连叫中队。部队代号变成了00开头的5位数。部队番号被冠以“建”字开头，部队干部战士很不习惯，感觉成了下等的部队，就像一个地方的工程公司一样。另外，由于技术的需要，还有大量地方的管理和技术人员由厂矿和公司直接“工改兵”，成了穿军装的“工兵”。

我所在部队，在北京担任了地铁2号线和市区部分路桥建设施工，并参加了毛主席纪念堂的建造工程，参加了1976年唐山抗震救灾。

1983年，基建工程兵按照中央军委的安排，我所在部队北京指挥部，还有下辖的3个支队及直属单位，集体转业在北京，成立北京城建总公司（现改名为北京城建集团，上市公司）。基建工程兵领导机构从1978年1月正式成立到1983年11月撤销，才存在了5年多一点的时间，成为我军建军史上存在时间最短的一个兵种。这支特别的部队，从铁道兵到基建工程兵，再到城建公司，过去的辉煌成了历史，过去的一切成了记忆。

依然是在冬天，面对新的选择，我脱下军装，转业回到久别的故乡。那年，我28岁。在祖国的心脏北京，我献出了青春的年华，不管怎样，我为北京建设出过力、流过汗，也不枉从军一场。北望京城，人渐行渐远，心却仍依恋北京，此情可待成追忆，只是当时已惘然。

回到自己的家乡，我的工作安排得很顺利。当时有安置政策，营以上干部一般都会安排个副科以上职务。连以下作为一般干部安排。由本人填写志愿，经部队派军转干部移交小组到地方协调安排。不像现在，干部爆满，团职干部也只有个虚职。当时我回家乡，填志愿想到政府机关，没想到被选到县人民银行，同时被选入的还有其他部队的3名转业干部。我在填报转业志愿时，因为从未从事过与经济相关工作，所以并没填银行工作，估计用人单位更看重的是我的个人情况，在军队机关工作的干部，党员，年轻，适应性强，从事银行工作，属可信任人员的范围吧！

在县支行我先后做过监察、会计、信贷工作，任过副行长。1985年人民银行系统改革，开始拆分成立商业银行，我被分拆到工商银行，算是又回到了“国企”。后来，我又被调到分行机关担任部门经理。不知不觉中，我从一名军人转化成了一名职业金融人。命运把我的中年又交给了金融事业，成天和数字、账务打交道，与国民经济紧紧地融合在一起了。

我曾以此为荣，然而，人生历程总有许多不可预知的事会发生。2002年以后，银行系统考核体制更加注重效益，尤其是人均效益。总行只看结果，不管现状。达不到总行的指标，各行自行裁员。总行只下达减员指标，如何减员则由各省自定。同时，系统出台了内退政策，即男52岁、女47岁可以自愿申请，办理内退。还可以选择自愿买断工龄回家，条件是男30年工龄、女25年工龄都可以申请，一年工龄补2500元，另加上1万元生活补助，还有其他一些钱，具体项目记不得了，30年工龄的员工能拿到12万元多一点。这与地方工商业企业比，补贴是它们的4倍多，已经是很优越了。但是后来这些员工都后悔了，吃大亏了。因为医保和养老保险全部要自己买，而且这10年，社保费用年年增加，最后，买断的钱也就所剩无几了，更何况这10年人民币大幅贬值。

2006年，各市行接到这个棘手任务后，开会商定办法。由行领导找达到年龄的干部逐个谈话，动员内退。同意退，就要自己写申请；不同意退，就参加基层的竞聘，如未聘到，待业拿生活费。这实际上就是逼退。你想想，有哪个基层领导敢聘达到52岁的你，他怎敢和上级党委不保持一致。

我们这些在行里工作多年的元老级干部，无奈之下只好退吧！这是在剥夺员工的劳动权。经过这么个方法，领导向总行汇报，完成了减员计划，却伤透了老工行人的心，也深深触动了在位的员工，他们也在想，下一步该轮到自己了。不过，这种做法执行了两年就停止了。上级的政策就像是十五、十六的月亮那样，一天一个样。后任不管前任事，但是影响很坏，对员工伤害很大。

我们这些提前内退的员工，实际上就是下岗或者“半下岗”。因为我们是在退休与在职人员之间的边缘人员，既不能享受国家的退休待遇，还要比在职人员的待遇大幅度下降，无绩效和奖金，也不能享受在职人员的各项补助（如交通补助、防寒、降温等）。我们内退后，在职人员工资大幅增长，一般员工的收入都在6万元上下，有职务的在10万以上。而我们在行工作几十年的人，比不上一个刚刚入职的职工，年收入不到3万元。不仅是经济上的损失，更使人失落的是缺失了存在感，在一个单位好好干了几十年，上面一个决定就让你回家了，在改革取得丰硕成果之时，我们却没分享到改革的红利，像是卸磨杀驴。这个情况与工业、商业企业因破产兼并下岗完全不同，因为那时候是企业非常红火的时候。

这个月底（2014年12月），我就办理正式退休了，明年一月份开始，就领退休金了。一个50后的人，有太多经历和感受，有许多无奈。社会毕竟在发展进步，从国家这个大层面上讲，个人的得失不足挂齿。每一次社会变革，都有很多人躺着中枪，也有很多人得到利益。几十年来，我们都是在举手、拥护、支持、赞成并坚决执行的过程中过来的。看开点，保持个淡然心态。

林茂，与前面的国建同时进厂，同年当兵，1977 年退伍仍然回到从军前的工厂，因为有原来的业务基础，就被分配到原来的机修班。因为他在部队几年离开了专业，而原来没有当兵的反而成为老师傅了，所以又安排他人带他，只不过不再是学徒身份。由于他在部队入了党，不久，就担任了车间党支部委员，几年之后担任了车间党支部书记。

他非常走运，在国家实施了严厉的计划生育政策以后却生了一对双胞胎女儿，现在都很有出息。在我的调查采访过程中，他推推搡搡了将近一年的时间，但最终还是向我袒露心扉说了实话：

由于照顾父母的原因，我在 1994 年元月从原来单位调入父母所在地的一家新办的钢铁厂，这家工厂是与一家大型老牌钢铁厂联营的，由于在原来单位就是车间支部书记，还在实行厂长基金的时候被破格加过一级工资，因此一调到新厂我就担任了机修车间主任。

当时这家工厂是由本地出资并与外地一家老牌钢铁厂合股新建的，总投资差不多有 1.2 亿元。本地出土地不计，盖厂房费就花了 7000 万元；对方提供技术、设备费用共 5000 万元人民币。从动工到试产花了近两年时间。

试产成功后，由于本市还缺少启动资金4000万元左右，试生产后不久就宣布停产。全厂除各车间，科室正职负责人外，其他职工一律下岗待业。1997年前后，是国企改革力度最大的时期，到处都在搞租赁、合股、兼并、破产，这个昙花一现的钢铁厂随即被一家私营油化厂租赁。工厂原职工只保留了厂长、副厂长、会计、出纳4人，其余人员全部下岗。

还算不错，我因为有一技之长，被工厂重新聘用，在机修班任班长，成为私企的打工者。当时虽然思想上不理解，但是首先要解决全家的吃饭问题，只能告诫自己，一定要随着国家大气候变化而变化，只有改变观念才能适应社会。但还是好景不长，不到2年，该企业作为当地国营企业改革破产的试点，宣布破产。一个1.2亿元资产的国营企业除撤回一部分设备外，以3000万元的价格就卖给那家私营油化厂了。

油化厂拿着原来国企的资产抵押向建设银行贷款800万元，交给当地经贸委出面安置职工，宣布解除职工一切劳动关系。安置标准以一年工龄480元计算，30年工龄14400元，一次清算就解除了劳动关系，并且宣布与政府毫不相关了。我当时的感觉是既寒心又气愤。寒心的是自己工作了30年就被10000多元给卖掉了，还没有社保（社保都是后来自己补交与续交的）；气愤的是一个上亿元资产的还不包括土地的国营企业，就以3000万元卖掉，这不是国有资产流失是什么？当时有一部分职工上访、静坐，有的工友被公安局拘留了半个月。好在后来当时主持改制的市长终因群众不断举报而查实判刑，平了一些气。

但是，国有资产是再也追不回来了。

天无绝人之处。买断之后，我去到我弟弟与人合伙办的绿化公司打工。他比我早3年下岗，办起了当地的第一家“绿化公司”。我在弟弟那里打工5年，有了一些经验后，又到另一家房地产公司任绿化主管，工资从一月600元增长到800元，后加至1000元、1200元、1600元。

2012年8月，我终于熬到头了，办理了退休手续。当年的养老金为1570元每月，2013年增加到1880元，2014年突破2000元大关，加到2109元。

但是，我现在的医保与国有企业的退休职工待遇是不同的。医保改革是从2002年施行的，我们下岗是2000年。按照规定，我因为买断了工龄，只是一个“城镇居民”了，凡医保未实行前的企业改制职工待遇，就要按城镇居民标准实施。现在每年要向医保局交纳120元医保费，看病就医只能在指定医院住院，住院能够报销医疗费用的70%。作为城镇居民，门诊看病是完全没有报销的。而国有企业的退休职工住院医药费可以报销80%，医保局还每年发放500元到退休职工医保卡内给予门诊看病，这里又矮人一等了。

在社保缴费方面，我从2000年7月解除劳动关系后，一直是个人每年到社保局缴费，从一开始每年700多元逐渐增缴，到2012年退休前一年的缴费增至3600元（2014年据说已加到4200元）。从2000年7月直到我退休年龄止，我共缴社保金是27000元左右。而在周边的一些经济较好的县市，考虑到部分下岗的40岁以上女工、50岁以上男工找工作困难，家庭还吃低保，所以他们的养老保险

及医疗保险则由政府买单，这样的做法还是比较得人心的。

兴国，退伍后走的路子与国建、林茂稍有不同。他复原后去到地委车队，跟随父亲当学徒（他父亲是当地最出名的汽车修理工）。1995年他离开企业（机关单位的工人编制），是自己辞职的。

兴国离开企业后，一开始他与另外一个人合伙办了一家汽车修理厂，主要业务是修理底盘与发动机部分，钣金、油漆、电器等加工修理都是外包给别的公司。2000年散伙后他一个人单独当老板，当时的注册资本为8万元。曾经有好几年，他的企业的业务量每年能有30万元，利润在15万元左右，达到50%，甚至最多的时候曾经搞到过80万元的业务量。

他是最能够接受我调查采访的工友。为了采访，我们不仅在家中、在饭桌上交流，我还去过他的小作坊式的公司。他们有着非常流畅的备品配件的采购业务网，只要把前挡风窗上汽车的条形码发给供应商，在现在的物流条件下，几天内就可以收到货了。

为什么曾经的利润率那么高呢？这得益于兴国曾经在地委车队搞修理时的业务关系，加上以前懂轿车的师傅不多，所以拉来了很多公车修理的业务。公车修理价钱不太讲究，熟人也抹不开面子，所以利润高。这几年随着公车改革的开展，公家的业务越来越难做，越来越少了。如果做私人汽车修理的业务，一个是量少，再一个是利润很低，一般在5%—10%之间，不划算。在前几年，兴国用8万元把车库（修理车的库不是停车库）买了下来，约有100平方米左右，大大地提高了利润，以前租车库的时候一个月需要花3000元左右，自己有了车库以后，除了上缴不多的税费以外，剩下的全是自己的。

据兴国介绍，在交税方面也有一些技巧。比如做的业务量虽然是30万元，但是每年所报的业务量却不足12万元，以此大大地提高了利润。但是，因为你只报了12万元的业务，在税务发票系统上就只能开具12万元的发票，而业务量远远不止这个数。怎么办呢？所以兴国就办了两家修理厂的营业执照，挂另一个人的名，而实际上是同一个老板。现在的车库隔壁还挂了另外一家汽车修理厂的牌子，那就是空挂的，是为了开发票而挂的，并以此规避了不少税。

他说这都是公开的秘密，没有什么不可以说的。而且，从今年开始，他自己就不干了。他把自己的修理厂交给了自己的徒弟去打理，连同车库租金一起，每月只收3000元租金，因为到了年底他可以办理退休手续，到时可以拿2000多元的退休金。兴国的老婆是原来银行系统退休的，每月有3000多元，孩子已经结婚生子，自己在多年前就花13万元在当时的郊区（现在已经是城里了）买了一套别墅，现在全家住在一起，其乐融融。其他的收入，还有原来自己与家父的两套福利房，虽然比较小而且老旧，但是由于处于市中心，两套房子出租收入也有2000多元。他告诉我，以当地的消费水平，不算儿子的收入（儿子在家吃住一切全包），1万多元算是很好的生活了。总的来说，兴国的结局算是非常不错了。

兴国的成功，总结起来有这样几点。第一，“拼爹”还是需要的。但是此处的“拼爹”指的是拼技术。他父亲是解放军野战部队退伍来到工厂的，是那个时候工厂里不多的八级工之一。老人家平时不太说话，透着一股威严，徒弟们都很怕他，但是都愿意做他的徒弟，毕竟名师出高徒嘛，只要亮出是谁的徒弟来，那也显得是技高一筹了，不出几年，就会被上面看中调走。工人也有“上面”吗？也是有的。当时，每个地委机关都有自己的小汽车队，以保证领导的轿车能够正常出行。他父亲就被调到那里去了。在当时，轿车本来就不多，能够修理轿车的就更少了。所以兴国之所以有后面的日子，也是靠了父亲，用今天的话来说，叫做“拼爹”，当然，拼的是技术。所以，他早在1995年就敢于辞职下海，虽然没有任何补偿。凭着父亲的名气，使他的修理厂在创业之初生意就不错。到了后来竞争激烈的时候，他已经站稳脚跟了。后来父亲干不动了，他也就独挑大梁了。

第二，“手艺”不能够过时。兴国的例子不算太多。下岗职工里面技术好、手艺强的人不计其数，但是大多数没有好的前景，一句话就是“过时了”。在全社会甚至全世界都处在产业转移、转型的时候，在一个科技高速发展与变革的信息化社会，传统的手艺或者技术时刻处在被淘汰之列。这正是下岗职工转型比较困难的原因所在。现在看来，以前教育工人的内容，什么做革命的螺丝钉、干一行爱一行、又红又专，大大地影响了职工的再就业以及个人的转型。

第五章

工厂、工人与工资

一、乡镇企业的兴起

1. 薛暮桥的书每个工人发一本

直到现在，辛江家里还藏有两本薛暮桥所著《中国社会主义经济问题研究》，一本是自己发的，一本是父亲发的。也许，《中国社会主义经济问题研究》这本书发下来以后相当多职工并没有读过，也有相当多的职工根本读不懂。但是，它毕竟开创了一个时代。

这本书是改革开放以来，第一本从中国经济建设实际出发，探索社会主义经济发展的理论著作，强调按客观经济规律把社会主义建设引上正确轨道，并对经济体制改革进行初步探索。这本首印5万册的图书在发行之初，居然不到两个月就被一抢而空，不仅各个经济相关部门、公司在买，就连一些驻北京的使领馆都想买，很快成为我国最畅销的书籍之一。这本书后来卖了1000万册，仅人民出版社就曾印到接近300万本。外文出版社出版的有英、日、法、西班牙文版，供不应求的时候，有些国家甚至自己翻印；西德和南斯拉夫把这本书自己译成德文和塞尔维亚文。这本书在国内国外的影响空前，足见其价值，由此也被一些学者称为“我国经济体制改革的启蒙教材”。

2. 苏南模式与乡镇企业

理论研究在探索，实践经验也在探索。在探索的过程中，社会上出现了乡镇企业与农民企业家。

20 世纪 80 年代，是一个骚动而热烈的年份，这一时间段出现的热门词语有：炒更、下海、“倒爷”、“万元户”、星期六工程师，停薪留职、双轨制、“官倒”，等等。在“全民经商”的热潮中出现了“十亿人们九亿商，还有一亿要开张”、“十亿人民九亿倒，还有一亿在寻找”的状况。当时最受欢迎的职业排序前三名依次是：出租车司机、个体户、厨师，而最后的三个选项分别是科学家、医生、教师。“修大脑的不如剃头的”、“搞导弹的不如卖茶叶蛋的”流传语很盛行。

20 世纪 80 年代，有一个使用频率非常高的词叫乡镇企业，并出现了“苏南模式”，与此相伴生的还有一个词，叫农民企业家。

乡镇企业是指农村集体经济组织或者农民投资为主，在乡镇（包括所辖村）举办的承担支援农业义务的各类企业。包括乡镇办企业、村办企业、农民联营的合作企业、其他形式的合作企业和个体企业。乡镇企业行业门类很多，包括农业、工业、交通运输业、建筑业以及商业、饮食、服务、修理等企业。当时，中国乡镇企业获得迅速发展，对充分利用乡村地区的自然及社会经济资源、向生产的深度和广度进军，对促进乡村经济繁荣和人们物质文化生活水平的提高，改变单一的产业结构，吸收数量众多的乡村剩余劳动力，以及改善工业布局、逐步缩小城乡差别和工农差别，建立新型的城乡关系均具有重要意义。乡镇企业当时成为中国农民脱贫致富的快捷之路。

乡镇企业的来历可以追溯到 1958 年人民公社化时期，当时叫“社队企业”，是在集体副业基础上办起来的一批主要为本地农民提供简单的生产资料、生活资料的企业。到 20 世纪 70 年代，这些小型社队企业逐渐发展成为农机具厂，为集体制造一些农机具。

党的十一届三中全会对社队企业的发展给予支持，促使社队企业步入了一个大发展的阶段。它们利用地区工业基础比较薄弱的特点，抓住市场空隙，迅速壮大起来。乡镇企业就业人数1980年为3000万人；1984年，中央“一号文件”提出允许农民自理口粮进城镇做工、经商、办企业，进城务工的越来越多，1985年乡镇企业人数接近7000万人；2007年为一亿五千万人。

乡镇企业对于中国经济的发展起到过重要作用，中国乡镇企业的发展改变了农村经济格局，开创了农民的就业新路，深刻地改变了农村经济单纯依靠农业发展的格局。1978年，社队企业总产值只相当于当年农业总产值的37%左右。到1987年，乡镇企业中二、三产业产值合计增加到4854亿元，这相当于农业总产值的104%，首次超过了农业总产值。1996年10月29日，第八届全国人民代表大会常务委员会第二十二次会议通过《中华人民共和国乡镇企业法》。

3. “星期六工程师”

在乡镇企业的发展中，“星期六工程师”功不可没。所谓“星期六工程师”，既是一种称谓，又是一种工作，是指20世纪80年代那些在国企或者科研院所工作的工程师们每逢周末就到外地打工挣“外快”的人员或者现象。尤其是苏、锡、常地区，占尽了上海“星期六工程师”的便宜，一些乡镇企业甚至聘用了上海一些大企业的退休厂长来到乡镇企业担任“高管”。据说，在鼎盛时期，仅仅上海这个人群就有约2万余人。当然，这些“星期六工程师”们的收入自然也不菲，有些工程师在外地干一天的额外进账，能抵得上当时半年的工资收入。那个年代，乡镇企业的厂长们往往都随身携带着一张“联络图”，上面写着那些“星期六工程师”们的家庭地址、联系电话等。只要一遇到技术难题，凭借这张联络图，厂长们就可以打电话或登门求教。当然，当时的这种做法有相当大的争议，做的人都是秘而不宣、偷偷摸摸的，甚至有人为此受到处分。直到1988年1月18日，国务院专门下达文件，称“允许科技干部兼职”，至此，争论才总算尘埃落定。

在乡镇企业发展得非常红火的时候，又派生出一个新名词叫苏南模式。苏南模式是指江苏省的苏州、无锡和常州（有的也包括南京和镇江）等地区通过发展乡镇企业实现非农化发展的方式。苏南地区位于太湖之滨、长江三角洲中部，人多地少，但农业生产条件得天独厚。由于其毗邻上海、苏州、无锡和常州等发达的大中工业城市和市场，水陆交通便利。苏南地区的农民与这些大中城市的产业工人有密切的联系，接受经济、技术辐射能力较强。同时，苏南地区还是近代中国民族资本主义工商业的发源地。早在计划经济时期，苏南地区就有搞集体经济的传统和基础，为发展乡镇企业积累了宝贵的经济和必要的资金。苏南地区通过发展乡镇企业，走的是一条先工业化，再市场化的发展路径。

苏南地区采取以乡镇政府为主组织资源的方式。政府出面组织土地、资本和劳动力等生产资料，出资办企业，并由政府指派所谓的能人来担任企业负责人。这种组织方式将能人（企业家）和社会闲散资本结合起来，很快跨越了资本原始积累阶段，实现了苏南乡镇企业在全国的领先发展。政府直接干涉企业，动员和组织生产活动，具有速度快、成本低等优势，因而成为首选形式。不过，尽管这种结果在一段时间内可能是积极的，但政企不分的集体产权制度安排的隐患最终由于外部宏观环境和竞争环境（如买方市场的出现）的变化而使得苏南经济滑坡，企业亏损面逐步扩大，资产负债率居高不下，难以为继。后来，乡镇企业改成集体控股的企业股份制或股份合作制形式，再后来，乡镇企业多数都私有化了。

4. 乡镇企业中的人与事

20世纪80年代的武进是苏南模式的一个典型，GDP经常排在全国百强县的前几位。洪方就是比较早进入乡镇企业工作的职工中的一员，他是江苏武进某镇上的一个能人。他小时候由于得了中耳炎，耳朵听力不太好，家里人都叫他“聋子”。但是，“聋子”干事情却专心，高中毕业以后他进了镇上的农机修理厂做钳工，农机修理厂后来成了乡镇企业，再后来又私有化了，但是因为技术好，洪方虽然自己没有当老板，但是不愁没有人聘他。

小工厂的特点是工种不单一，什么都要求会干，既要开机床而且是多种机床，又要修机床；既要做电工，还要会电焊，并且还要能够做氧焊。洪方就是这样一个能干的技术人才，方圆几十里地都知道他，有什么修理不好的东西经常找他，解决不了的技术问题也会请他去解决。

洪方的老婆在村里办的织布厂工作，厂房很简陋，机器是老式的织布机，就与100多年前上海纺织工业起步的时候差不多。产品就是白布，然后送到另外的企业漂染。洪方的弟媳妇则在村子里的一家螺丝厂工作，当时除了老人与儿童，几乎家家户户都有人在乡镇企业工作，不是这家工厂，就是那家工厂。

当时许多乡镇企业与国企有着密切的联系，一般是国企的配套或者加工单位。小范是江苏江阴的一个做汽车钢化玻璃乡镇企业的推销员，他们的产品在当时的国内乡镇企业中算是比较好的。由于他长期在一些大客车厂里活动，相当多的职工都认识他。因为其推销的产品既要通过检验，又要应对安装师傅所提出的质疑，如果只是采购员说行，安装师傅说根本无法装配，你也只能够退货。长期的合作，使小范与各工序都很熟了，如果不是产品问题太大，一般都能够混过去。由于小范能够把方方面面的人物都打点得很好，他成了当地较早的"万元户"，早在80年代，他们家就"起楼子"了，也就是盖了楼房。

有一次，小范的一个产品客车的前后挡风玻璃实在是安装不了。但是他信誓旦旦地表示，说产品生产绝对是按照产品标准执行的，即使是有弯曲的，弧度方面也绝对不会超过2毫米。在争执不下的情况下，一位师傅告诉他，你不用找模板来测量，你要是能把每块玻璃合拢就可以了。小范听到这话后大为光火，拍着胸脯说保证。当大家把若干块玻璃叠在一起，就发现在玻璃的弯曲部分，每块玻璃都是不能重叠的，不重叠的地方，缝隙大的地方可以放进16毫米的螺丝。对小范来说，认为安装师傅这么对自己，觉得很委屈。不过，其实这种现象对安装师傅来说，早就已经是司空见惯的了。因为客车的前脸可以手工矫正，一般情况下安装师傅也就自己调整算了。因为安装师傅也知道，换一个供货单位也不是这么容易，而且即使换了供货单位，其实也不能保证产品质量就能够高到哪里去。更主要的是，大家都得过小范的恩惠，所以从上到下都得过且过，这也算当时国营企业中的一个"怪现象"吧。

5. 田书记奇遇记

老田是一家国企的纪检委专职书记，他经历的又是另外一番景象。1985年，他曾经负责过查办一个经济案件，来由是有人检举设备动力科长有贪污受贿嫌疑，因为这个设备动力科长批准采购来的一些零部件质量不好，而且价格高出市场很多。而这些采购的东西都来自于比较偏远的“不正规”的企业，也就是来自于乡镇企业，所有的合格证还都是造假的，这不能不引起人们的怀疑。

接到举报后，老田一行两人来到他们企业采购零部件乡镇企业所在的县，住在县上唯一一个比较正规的旅店——县政府招待所里。但是老田他们没有想到的是，一个街上行人稀少的县城，招待所里却住满了人，以至于吃饭的时候食堂都是人头涌动、人山人海。打听后才得知，这些人都是各省来讨债的，据说，当时住在这个招待所的人，除了西藏以外，有全国各地的讨债人，多数是钱已经汇出却不见货，来到此地又找不到人。即使找到发货单位，人家又说经手人出去推销了。看着这个情形，老田还忍不住暗自庆幸起来，因为毕竟还是拿到了货，哪怕是假冒产品。

第二天，经过到处打听，转了好几次车，又租了一辆三轮车，老田他们终于找到了产品的生产单位——一个偏僻的村庄。转来转去、问来问去，老田他们就没有发现几个正规劳动力，只剩下一些老人与妇女。一问起来，才知道村里的男人都外出搞推销去了。

村里不少农户的房前屋后，到处堆满了废弃的起重机。有些妇女们正在清洗拆解了零部件的机械，那清洗零件的一盆盆发黑的柴油让老田大为吃惊——这柴油已经浓得像稀饭一样了，可是她们还在用。肮脏到这种程度的废油，老田几乎就没有见过，他在工厂工作也有20年了，是转业以后从工人干起一步步上来的，也算啥都见识过的人物，眼前的这些情形还是让他大吃一惊。

这些妇女们把洗过以后的轴承涂上黄油，但是那个轴承仍然是旧的；而另外一些老人则把电机放在铁砧上敲打修整，修整电机的罩壳是最重要的，否则卖出去就不像是新设备了。他们用12磅以上的大榔头，既不用冲床也不用压床，而是用最原始的手工冷加工的方法把铁皮敲成形，最后再上油漆，然后装上标牌，一台新的起重机就完成了。

目睹了这一系列“工业革命”的成果，老田他俩目瞪口呆——这可是起重机啊，是往上吊东西的，起重机要求在空间行程的任何位置都要固定住，如果打滑可是要死人的啊！

20世纪80年代流行着这样一句话：你要知道什么是“资本主义”吗？那你就去温州看看吧。老田他们俩有幸当时去过温州，老田没有出过国，但是从小就经常听说过资本主义这个词，确实想看看什么是资本主义。老田这次的行程是调查卷板机的配件价格问题。那时的金温铁路还没有，在金华下火车以后，天色已晚，俩人本来想住下，但是那里的私人汽车运输非常发达，老田他们在火车站就被人吆喝着上了一辆面包车，是那种可以乘坐11个人的面包车，那是他们第一次乘坐这种私人运行的长途汽车。开到温州已经是凌晨3点钟了，但是汽车站周围依然人山人海、灯火辉煌，吆喝吃的、卖东西的、拉客住旅店的满街都是，与别的地方确实不一样。

两个大男人想试验一下什么是“资本主义”，就跟随一个年轻人去到一家私人旅馆，住私人旅馆对老田来说也是第一次。说是旅馆，其实是当时兴起的“家庭旅馆”，在当时是一个新鲜事物。那些在市区位置比较好的家庭，会腾出自己的几个房间给客人住，可以创收。房间倒是挺干净，第二天早晨还有家庭早餐，即稀饭、馒头、榨菜。

住宿的那几天，老田他们经常借故与房东聊天，知道他们本来也来自一家铸造业国企，但是企业效益不好，不怎么生产了，房东他们就自己做点副业。房东除了晚上接客搞一点旅馆生意之外，也与自己曾经的几个工友搞了一个小型的铸造厂。

老田的口袋里有三种介绍信，除了党委的外调专用介绍信以外，还有一份行政工作介绍信，另外，老田又备了几份空白介绍信，可以随时填一个什么身份。外调专用介绍信只有到非常正规的国企单位才有用，否则人家不会接待。为了工作便利，老田经常会在空白介绍信上把自己的身份改为采购员，而且就以原来的买家身份出现。当以采购员身份出现时，老田经常受到人家的热烈欢迎，好吃好喝地招待。

6. 农村城市大反转

与乡镇企业伴生的另外一个新名词叫做“农民企业家”。起初，许多国企的职工觉得不可思议，以为是笑柄，认为我们企业的人不能成为企业家，你们这些面朝黄土背朝天的“泥腿子”反倒成为了企业家，岂非咄咄怪事？就靠洗脚上田能够完成国家工业化、现代化，岂不是天大的笑话？所以一开始，当一些工程师一听说农民企业家这个词，经常会嗤之以鼻。

但这是真的。农民企业家是我国社会转型时期产生的群体，是1978年体制改革后的特定产物，作为新的社会群体、新的利益主体和新的社会阶层，他们有着对社会地位、身份以及与他们身份地位相对应的权利、义务的追求。

上海人老邹就见识过一位农民企业家。当时老邹正处于在上海找工作到处碰壁的时候，经一位亲戚介绍，到这位亲戚的一个在宁波乡镇企业当老板的亲戚那里去应聘修理无心磨床，为了保险，老邹还约了一位有此技术的朋友，觉得两个人在一起有保证。到了工厂一看，老邹和同行的另外一个人还是吃了一惊。因为以前修过的都是大半个人高的小机床，没有想到他们工厂里的无心磨床竟然比一个人还要高，加工的产品直径大，砂轮也大，而且厂里这样的机床竟然还有四五台，两人一下子心里发懜起来。乡镇企业负责接待老邹他们的负责人一看这两人，也许是对他们的能力产生了怀疑，也许是本来就只是为了应付亲戚而应承的，借故老板不在家，就直接没有让他们动手。这种无心磨床是生产工业用缝纫机的零件，据说他们工厂能够在长三角一带工业缝纫机制造市场上占到一半以上的份额。对方虽然不打算让他们赚钱，但是招待还是挺客气的，拿出来的香烟都是软包装的中华牌。为了表示感谢，老邹他们也摸出香烟回敬一下，但是对方不抽，说是非软包装中华的不抽。可见宁波乡镇企业人的富裕程度。

老邹他们好吃好喝了一顿，没有想到商机又来了。因为在大街上的不少地方，老邹他们看到一些小广告：称某某乡某某村的某某地块，有若干亩水稻已经熟了，请人去割，不算工钱，谁割的就算谁的了。当时，老邹他们是大跌眼镜：种了水稻竟然送人，这一是说明种粮不赚钱；二是说明农村的能人都外出了，家中没有劳动力；三是说明当时浙江富裕地方的人已经不差钱了，这点粮食不在乎。当时农村就发展到这种程度，实在是老邹没有想到的。老邹他们当时比较有疑问的是，为什么不差钱又要种粮食呢，而且还让人去收割呢？一打听，原因是当时有政策，你尽管可以出去办厂、打工、做生意，但是农田是不准撂荒的，否则将课以高额罚款，得不偿失。所以在这种约束之下，人们粮食还是要种的。

浙江永康的荣生，算得上是当地镇上的一个企业家名人了。到2007 年的时候，他已经办了 3 家工厂，其中 2 家还都是自己建设的厂房。

最初的时候，他的产品是孩子们玩的滑板车，溜旱冰的滑轮鞋等，这类设备曾经非常流行，他也因此而起家，产品除了供应义乌市场外，还远销到俄罗斯、东欧、中东等国家。他的一个儿媳妇就在义乌的小商品市场设有产品专柜，仅仅年租金就要20万元，能支撑起这么高的租金，可见其销售量可观。有人不得其解的是，有那么多的空厂房为什么不去租，却要花那么多投资盖新厂房呢？这里面的奥秘在于土地，土地是无偿的。镇上办了工业区，统一规划将各个村庄的自办企业全部迁入，你自己只要出资盖工厂。一是因为不得不按照镇上的意思办，二是据说可以传给子孙，算是家产。这对于中国农民来说还是很有吸引力的。还有一个明显的规律，土地是升值的，精明的他很看重这一点。荣生现在的产品已经大为升级了，虽然还是儿童玩具类，但都是电动玩具，并配有智能系统。

乡镇企业的兴起，得益于一支非常庞大的销售队伍，其人数甚至曾经远远超过了他们的生产队伍。20世纪80年代，媒体曾经大加报道说他们如何走村串寨，把自己的产品推销到祖国的四面八方，是市场经济的开拓者。

二、青年工人的文学启蒙

1. 陈景润带来的感动

一天中午，辛江吃过饭以后回到厂区，距离上班还有一段时间，他找到离铸造车间不远的一个稻草垛，四脚朝天地躺下，太阳懒懒地挂在空中，暖洋洋的，很舒服。为什么工厂里还有稻草垛呢？这是在开炉的时候浇铁水用的。在一些小型的铸造车间，当红彤彤的铁水奔流而出，放入大铁水包的时候，同时浇铸的还有一些小型的零件砂模，吊车会把大铁水包里的铁水转移到一些小包里去，用人工浇铸，但是1200—1300度的高温，虽然戴了眼镜与帽子，但还是吃不消，这个时候，只要把稻草烧成灰，掩盖在铁水面上，就能够大大地减少热浪的袭击了。

辛江就这样躺在稻草垛上，耳朵边工厂广播站的大喇叭还在播音，讲的是数学家陈景润如何奋斗的故事，也就是后来影响了整整一代人的报告文学《哥德巴赫猜想》。辛江听得心里越来越热，身上也越来越热，脱掉工作服，眼眶湿润了。他懵懵懂懂地感觉好像有了方向，又说不出来是什么；感觉身体里的血液在涌动，浑身是劲，又不知道往哪里去使。陈景润的事迹振奋了一代青年工人，陈景润的事迹唤起了他们学习的热情。这篇关于陈景润的报告文学也许是后来“科学的春天”的第一个哨音，它曾经感动和激励着一代人为改革开放的伟大事业而奋斗。

《哥德巴赫猜想》是著名诗人徐迟所写，发表在《人民文学》

1978年1月号头条，《人民日报》1978年2月17日全文转载。《哥德巴赫猜想》一经问世，立即引起读者热烈反响。许多人争相购买、竞相传阅。各地报纸、广播电台纷纷全文转载和连续广播。不管是工人、农民、学生还是领导干部，喜欢文学的和平时不太关心文学的，也都找来一遍又一遍地阅读。有的人甚至能够背诵里面的一些段落。

经过“文革”的青年工人多数只有小学、初中文化程度，作品里的那些眼花缭乱的公式、数学用语，他们根本看不懂，但是那些细节和一些激动人心的用语，他们也许永远都不会忘记，例如：

> 自然科学的皇后是数学，数学的皇冠是数论，哥德巴赫猜想则是皇冠上的明珠……陈景润住在6平方米的宿舍，一捆捆的稿纸从屋角两只麻袋中探头探脑地露出脸来，暖气片上放着一只饭盒，连一只矮凳子也没有，没有电灯就在煤油灯下工作……科学探索是如此艰辛：有一次，陈景润自己撞在树上，还问是谁撞了他？没有桌子，陈景润将床单连同褥子一起翻了起来，露出了床板，就这样工作。他成了一个踽踽独行、形单影只、自言自语、孤苦伶仃的人，长空里的一只孤雁。他已经病入膏肓，心力已到了衰竭的地步，但是唯独脑细胞异常地活跃，工作停不下来，也不能停止……英国数学家在给他的信里说，“你移动了群山”！因为中国有愚公移山！

2. 青年工人的文学梦

要问辛江怎么会有如此丰富的感情，原来他还有过一个作家梦，属于文学青年一类，这在当时的社会上是很流行的，据说有几百万人之多，他们都受着来自于同一种潮流的影响，叫做“伤痕文学”，源自卢新华刊登于1978年8月11日《文汇报》的短篇小说《伤痕》。当时上海街头的每个报栏前，都是里三层外三层的人，几乎人人都在为《文汇报》上一篇名为《伤痕》的小说而落泪。由于需求甚大，当天的《文汇报》加印至150万份。此后，大家都好像有一番话要说出来，文学为他们提供了这样的一个平台，出现了刘心武、卢新华、冯骥才等一批作家。

在此之前，工厂的青工们也偷偷地看过一些“手抄本”，比如《第二次握手》、《少女之心》什么的。有时候看这些手抄本需要排队，多的时候，一个通宵可以有4个人看完。而这个时候，形势已经不可同日而语了，世界名著开始大量上市，这些文学青年已经不再满足于中国古典小说如《红楼梦》、《三国演义》、《封神榜》、《说岳全传》、《隋唐演义》等，也不再满足于曹禺、老舍、巴金，《牛虻》、《钢铁是怎样炼成的》、《卓娅和舒拉的故事》。他们到处寻找所谓的“世界名著”，如《红与黑》、《战争与和平》、《约翰·克利斯朵夫》等长篇巨作。甚至囫囵吞枣地开始阅读大量的戏剧名著如《莎士比亚全集》、《易普生戏剧集》，在他们的嘴里会经常蹦出一些巴尔扎克、司汤达、雨果、果戈理、契诃夫什么的。

其实到底有多少人看懂了这些书，谁都不知道，反正大家的精神生活空前充实，觉得时间越来越不够用了。相当多的青年开始走上了文学创作的道路。

辛江说：那个时候，他还读了很多怎样搞文学创作，怎样写小说的辅导书，自己总结了这样几条印象深刻的“体会”：

第一，大狗小狗都要叫，即是说大人物可以写作，小人物也可以写作，不要因为大人物的存在，小人物就不写，大狗也是从小狗长起来的。第二，要观察社会，尤其是观察人，不但要观察周围的人，还可以观察大街上的人。比如利用出差的机会，在城市中最热闹的街口观察匆匆行走的人群。那个时候主要是骑自行车的人多，选择在上下班人最多的时候蹲点，揣摩这些人群的人物是从事什么职业的，他们从哪里来，到哪里去，要推测别人正在想什么。第三，我今天什么也写不出来！有一本教别人写作的书说，你只要每天爬在稿纸上反复地写一句话，“我今天什么也写不出来！我今天什么也写不出来……”如此循环坚持，就一定可以成为一个作家了。辛江如此坚持了一个月之久，最后的结果是真的什么也没有写出来。第四，谁笑得最后，谁笑得最好看。可能是要人们坚持到底的意思。第五，当你的第一篇作品发表的时候，那么你以前所有退稿的价值都要重新衡量，但是这个退稿的分量可能有十几斤重。

那时真是喜事不断，1978 年 3 月 18 日，全国科学大会在北京隆重开幕。一时间“四个现代化”，科学的春天、向科学进军、攀登科学高峰、知识分子是工人阶级的一部分等，成为了当时使用频率最高的词汇。叶剑英元帅还写作了《攻关》一诗，“攻城不怕坚，攻书莫畏难，科学有险阻，苦战能过关”。看起来不仅仅是“现代科学技术正在经历着一场伟大的革命”，全国人民的思想也在经历着一场革命。人们的生活发生了很大的变化，形成了不少“热潮”。

外语热：广播电台开始播放英语、日语广播讲座，工厂的职工夜校纷纷办起了外语学习班，工厂的技术员非常吃香，经常被工人们缠住请教外语，或者请他们裁决争论不下的问题。

自学热：那时，中国大地掀起了一股股自学热潮。当时有一套数理化自学丛书共17册，其中《代数》4册、《物理》4册、《化学》4册、《平面几何》2册、《立体几何》1册、《平面解析几何》1册、《三角》1册。该书由上海人民出版社、上海科学技术出版社于1963年出版，1977年重版发行。因其内容丰富、通俗易懂、深入浅出、便于自学，深受广大青年欢迎，多次重印仍供不应求。很多年轻人正是在这套丛书的引领下走进科学殿堂的大门。

考试热：不仅有青工参加恢复了的高考，还有越来越多的人参加到电大、函授、自学考试中来，无数有志青年的自学热情被推向高潮。

学习技术热：随着企业越来越重视技术培训与考核，工人们越加努力学技术，停电的时候，在被子里打着电筒看书、在蜡烛光下看书的人比比皆是。他们像陈景润一样，将床单与垫被一起翻起来，趴在床板上绘图、演算。

《于无声处》热：1978年9月23日，《于无声处》在上海工人文化宫首演，演员均来自于工人文化宫业余话剧表演队。剧本情节紧凑，引人入胜，上演后引起轰动，一时好评如潮。《于无声处》演出和剧本发表后，《文汇报》社每天收到的观众、读者来信需要用麻袋装。在党的十一届三中全会开幕前一天，文化部、全国总工会为《于无声处》举行隆重颁奖大会。

《于无声处》的巨大成功，使作者宗福先一夜成名。宗福先是上海热处理厂的热处理工，1968年到1980年，宗福先当了12年工人。他的成功，不仅鼓舞了一批工厂的文学青年，而且对本已经热火朝天的“自学热”又加了一股劲，真正是进行了一次青年工人思想上的“热处理”。

三、职工工资的曲曲折折

国营企业的工人大多数实行八级工资制，少数实行七级工资制。所谓八级工资制（七级工资制也如此），就是按照技术的复杂程度和工人的技术水平，由低到高地划分为八个工资等级，并在制定工人技术标准的基础上，根据工人的技术水平和工作的好坏评定工资。八级工资制的实行，是企业开始贯彻按劳分配原则的重要标志。产业顺序的划分一般是：矿山、冶炼为一类产业，工资标准最高；其次是机械制造、电力；再次是轻工、纺织，工资标准较低。

1971 年 11 月 30 日，国务院发布了《关于调整部分工人和工作人员工资的通知》，《通知》规定：1957 年年底以前参加工作的三级工，1960 年年底以前参加工作的二级工，1966 年年底以前参加工作的一级工和低于一级工的工人，以及与上述工人工作年限相同、工资等级相似的工作人员都可以提升一级。矿山井下主要生产工人的调资范围，可以分别放宽一级，即 1957 年年底以前参加工作的四级工，1960 年年底以前参加工作的三级工，1966 年年底以前参加工作的二级工都可以提升一级。对 1957 年年底以前参加工作的二级工，对 1960 年年底以前参加工作的一级工和低于一级的工人，经过群众充分讨论同意，并经领导批准，少数人可以调高两级。同时还规定，调高一级的工资在 5 元以上的，按现行的工资标准执行；调高一级的工资在 5 元以下的，可以增到 5 元。

结合当时的情况，《通知》涉及的工龄段职工的特点是家庭人口多，生活负担重。那时的三级工工资为42元（三类地区），而在当时，以这一工资养4口人是较普遍的。根据职工困难补助办法，在三类地区是人均生活费低于8元的，也就是养6口人以上的，可以向工会申请生活困难补助。一般一年中会补助1至2次，多的20元，少的5元，但也要经过从班组、车间到厂工会委员会的反复讨论才批准。所以，当时这一工龄段职工普遍生活质量较差，1971年这个工资调整方案的出台，有利于缓解职工的生活压力。

粉碎“四人帮”后，政府于1977年、1978年、1979年曾经连续三年升级工资。

1977年8月的调薪工作，1971年得到调薪的那批工人再获得了一次加工资的机会，也就是从那时候起，1957年年底以前参加工作的职工最低已进到六级工，1960年年底以前的达到了五级工。文件同时规定，调资范围还包括：1971年年底以前参加工作的一级工，1966年年底以前参加工作的二级工，以及同他们工作年限相同，工资等级相似的企业干部和商业、服务业、文教卫生、国家机关等部门的职工，表现好的和比较好的都调整工资。文件还指出，调整工资时，要优先考虑贡献大，工作多年，工资偏低的生产、工作骨干和科研、技术人员。

同时，文件规定，对于表现突出的1971年年底以前参加工作的二级工，又不符合上面条件增加工资的青年工人，可以破格增加一级工资，名额控制在职工总数的2%。也就是说100名工人里面可以有2名职工破格增加一级工资，这真正是50挑1啊。在当时，这一条规定非常地令人振奋，直接打破了干多干少、干好干坏一个样的状况，是打破大锅饭的强烈信号。一些青工多的工厂中，大家都纷纷议论、奔走相告，好像自己就是那2%加工资的人……

1978年5月7日，国务院发出《关于实行奖励和计件工资制度的通知》，开始恢复奖金。文件说，为了贯彻执行按劳分配原则和多劳多得、少劳少得的工资政策，在实行计时工资的同时，应当辅以奖励和计件工资制度。实行奖励的企业，必须是经过整顿，领导班子坚强，产、供、销正常，生产任务饱满，管理制度比较健全，各种定额和统计、验收等基础工作比较好，各项经济技术指标比较先进的，不具备这些条件的企业，不得实行。

1979年调整工资的精神，正是根据这个文件的精神制定的，规定要求全国加工资的升级面为40%。文件强调，为了进一步体现“各尽所能、按劳分配”的原则，择优升级，反对平均主义。对于经营管理好（特别是经济核算好）、经济效果显著、对国家贡献大的单位，升级面大一些；对于因经营管理不善而没有完成扭亏计划或根本没有亏损计划而发生了亏损的企业，升级面小一些；对于经营性亏损特别严重的企业，暂缓升级。

但是这次调整工资不是那么顺利，给一些工矿企业里的职工造成了很大的矛盾，据说各行各业都有这种情况。有的是共事多年的老同事之间、有的是师徒之间、有的是师兄弟之间，总之是闹得不可开交，有的甚至反目成仇。那次加工资以后，有些原来的好朋友直到今天也不来往或者心存隔阂，因此效果不好。

关于1979年的这次调薪，文件要求，这次升级的重点，是各行各业中劳动好（包括体力劳动和脑力劳动）、贡献大的职工，对于技术工人，强调要根据技术等级标准进行应知、应会和实际操作的考核，然后，按照各自的考核标准，把当前的和一贯的表现结合起来，全面进行评比，以贡献大小为主，择优升级。这次升级的职工，一般升一级，个别表现突出，并且有重大贡献的，也可以升两级。

文件说得很清楚，按照技术等级标准“进行应知、应会和实际操作的考核”，就是考试，就是比武。应知是笔试，应会和实际操作就是不同工种的操作考试。按照文件规定，工厂里面都成立了一个工资调整委员会，简称“工调委员会”，根据文件精神，除领导班子的成员外，还必须有2名工人代表参加。由于这一次加工资升级面为40%，也就是说有大多数（60%）的人没有工资加，因此如何评定加工资的人选是个烫手的山芋。辛江作为经历了这次调薪的当事人，作了如下回顾，他说：

由于这次加工资比较棘手，领导显得特别开明与民主。首先，选举工人代表就完全放开，不但工厂要选举厂“工调委员会”的工人代表2名，各个车间，也要组建“工调领导小组”，同样要求选举普通职工2人。上下采用的都是海选形式，得票的前两人为代表。可能是由于我比较正直，又刚刚作为2%的破格加工资人员，不至于再与他人争夺，所以高票当选。我也乐于参加此事，因为可以参加党委会的讨论，可以观察社会。

果然，我当了委员之后，一下子忙了许多，既要参加组织与监督业务考试，还要做群众的思想工作。按照职工技术等级标准规定的“应知、应会和实际操作”的考核要求，职工们掀起了一股学习技术的高潮，上晚班的同志白天跑到车间来练习，上白班的同志晚上也来到车间练习，一时间到处的机床吃紧。对于理论知识，有时会争得面红耳赤，车间里的地上，写得密密麻麻，演算的步骤写了好几米长。这个时候，工程技术人员成为了抢手的香饽饽，这里拉着提问，那里又拉过去仲裁，忙得不亦乐乎。我的寝室里也热闹起来，经常有工友来谈自己的困难与情况，有的是夫妻双双来的，说是要求不高，两个人可以占到加工资80%的指标，要求能够只加一个。

记得最清楚的是一对夫妻，来谈他们的计划生育的问题。因为当时刚刚开始实行计划生育，之前是可以生二胎的，但是要间隔4年以上，如果没有间隔4年，那么算是违反了计划生育政策，此次加工资就没有份了。他们的情况是二孩离4年差3天，原因是早产了3天，说是这是没有办法人为控制的。然后给我详细地述说受孕时间，什么排卵期、安全期，等等，我当时没有谈过恋爱，其实根本就听不懂，又不能搭架子，以不辜负群众代表的身份，只好不懂装懂频频点头称是。诉求是要求如果有人提出这个问题的话，希望我能够加以解释。他的担心是有道理的，因为名额有限，竞争很激烈，尤其是同一个班组、车间、工种里面，你上去了可能就预示着我不能上了，因此可能有人要想方设法找点你的岔子传播开来，或者反映到车间的“工调领导小组”中去，甚至反映到党委去。至于是谁传播或者反映的，就无证可查了，但是大家会互相猜疑，影响团结。

笔试与操作考试、平时表现等打分完毕以后，是群众投票。投票以车间为单位进行。因为除了学徒工与八级工以外，几乎所有职工都有资格参加，因此拉票是明的。双职工在同一车间的有明显优势，一拉就是两票，你许诺我我承诺你。结果闹出许多笑话，一些人兑现了承诺投了某人的票，但是对方却没有投桃报李回馈一票，实在是大伤其心。但是这个结果只能是猜疑，当事人是绝对不会承认的。有票数说话，某人在班组得了5票，但是结果却有9个人告诉他我投了你的票。许多人都遇到类似情况，到处都在说笑此事，也在骂娘，感慨人心不古、良心大大的坏了。不过，对于这些大多数人也只当笑话而已，极少数人因为吵了架，一方追责一方否认，或者真的受到冤屈有口难辩，一些曾经的好朋友直到今天也不来往。

当时有一件事情打动了我，车间里有两个孕妇，可能都有七八个月了，反正肚子很大，身体都靠不近机床了，上下工件时非常吃力，用量具时手都够不着。在砂轮机边上磨刀具的时候，由于肚子离飞转的砂轮很近，我真怕砂轮会磨到她们的肚子上去。如果此时发生砂轮崩裂的事故，简直不可想象。但是尽管这样，她们仍然不放弃这次调资的机会，在考试前加紧练习，在砂轮机前抓紧准备刀具。在一个上晚班的时候，我忍不住写了一份放弃这次加工资的声明，并且约了两位车间“工调领导小组”的工人代表，他们与我一样，都是1977年破格增加了一级工资的青工，一说就通。我把加工资文件下达以后，把工人们的情绪，努力学习、苦练基本功的情况都写出来了，尤其把两位怀孕女工的状况与我的担忧如实地写了出来，并且号召1977年破格与不破格增加了工资的工友们，在这份声明书上签上他们的名字放弃这次机会。我们用毛笔写成了一张大字报，后面还附上了一张白纸，用于大家签名，趁着晚上悄悄地贴了出去。没有想到，第二天，这个声明竟然获得了热烈的响应，怀孕的女工感动得都哭起来了。由于得到大家的广泛支持，附加的一张白纸写不下又增加了几张纸，最后拿到了80多人的签名。于是，领导的工作一下子就好做起来，广播里也进行了宣传。

在“工调委员会”（由党委会加了两名工人代表组成）上，我学习到了一些说话的艺术：有许多话不要直接说是自己的想法，要拐弯抹角地说，但是别人一听也还是明白我的态度了。比如这次加工资对某人有不同意见，就说根据群众反映如何如何，或者根据材料来看、根据业绩不如某某等。有一位领导此前因为有病，曾多次前往上海医院看病，多亏了一位采购员帮助跑前跑后。这次加工资虽然下面也把他推荐上来了，但是群众的反映是比较大的，理由是他在车间的时候比较懒散，还经常请假回上海，没有上过几天班，这样的人加工资群众不服。这领导帮他说话的艺术很高，他根本不谈议题所要议的人，而是从宏观上发表意见。他说，下面推荐上来的人，都是经过群众投票的，我们不要轻易地否定下面的投票结果，否则就乱套了。这一表态，大家都不好说什么了。而在此前的发言中，他也是同意拿下了一个有争议的同志的。其实，可能每个领导未必有要坚决拿下某同志的意图，但是他们要力保哪些人是心中有数的，这就牵涉到关系了，你弄不清楚，就不要随便发言。

据统计，由于奖励制度和计件工资制的恢复，奖励和计件工资的范围不断扩大，1978年全民所有制单位奖金总额为10.8亿元。1983年达到82.9亿元。1984年，随着国营企业第二步利改税的实施，国家与企业之间的分配关系和企业对国家的经济责任更加明确，企业在全面完成国家计划，税利增加的前提下，开始执行国家发放奖金“不封顶”的政策办法。从那以后，企业开始了自主发放工资和奖金的探索。

第六章

转型漩涡中的国企工人

一、国企职工的忠诚

1986 年 8 月 3 日，沈阳市皇姑区崇山西路 93 号，两张封条封住了沈阳市防爆器械厂的大门，沈阳市人民政府宣告，连续亏损 10 年、负债额超过全部财产 2/3 的沈阳市防爆器械厂破产，并收缴其营业执照，这在中华人民共和国历史上还是首次。新华社第一时间发出消息："新中国成立后第一家正式宣告破产倒闭的企业"。从此，沈阳市防暴器械厂被写进了国企改革的历史。

当时，沈阳市防爆器械厂厂门口挤满了情绪激动的职工。有人哽咽着，有人痛骂着，还有人向紧闭的大门摆上花圈……一石激起千层浪，这件事在全国的国营企业职工中也引起了强烈的反响，一些企业的领导会经常用这个事情来教育职工。与此同时，沈阳、武汉、重庆、太原 4 个城市在 10 家企业试行破产制度亮"黄牌"限期整顿。到 1986 年 8 月底，有 5 家企业起死回生。到 1996 年年底，58 个试点城市中有 1099 户企业破产终结，1192 户企业被兼并，分离非生产机构 5908 个，分流富余人员 123 万人。1997 年计划兼并破产及减员增效涉及企业 2982 户，资产总额 4115. 64 亿元，职工总数（在职及离退休）578. 74 万人，拟分流富余人员 140. 86 万人，其中，破产和兼并企业分别占涉及企业总户数的 20. 1% 和 44%。

1986 年是国营企业改革力度最大的一年。这一年，中共中央、国务院联合发布了关于国企改革的一系列文件：1986 年 4 月 18 日，中共中央、国务院发出《关于认真执行改革劳动制度几个规定的通知》。《通知》指出，国务院常务会议审议通过的《国营企业实行劳动合同制暂行规定》、《国营企业辞退职工暂行规定》和《国营企业职工待业保险暂行规定》，即将由国务院发布施行。同时，《国营企业招用工人暂行规定》也将由国务院审定后发布施行。7 月 12 日，国务院正式发布上述规定。并将《国营企业辞退职工暂行规定》更名为《国营企业辞退违纪职工暂行规定》。9 月 15 日，中共中央、国务院颁发《全民所有制工业企业厂长工作条例》、《中国共产党全民所有制工业企业基层组织工作条例》和《全民所有制工业企业职工代表大会条例》，并发出通知指出，改革企业的领导体制，是城市经济体制改革的一个重要组成部分。11 月 11 日，中共中央、国务院又发出补充通知指出，从党委领导下的厂长负责制到厂长负责制的转变，是企业领导体制的重大改革。全民所有制工业企业的厂长（经理）是一厂之长，是企业法人的代表，对企业负有全面责任，处于中心地位，起中心作用，企业中的党组织要积极支持厂长（经理）行使职权。12 月 5 日，国务院发布《关于深化企业改革增强企业活力的若干规定》，文件提出，1987 年要在深化企业改革，增强企业特别是大中型企业的活力方面迈出较大的步子。从此，国营企业的改革成为了城市经济体制改革的核心任务。

在国企改革的进程中，舆论曾经对国企进行了严厉的批判，以至于今天社会上不少年轻人，还认为国企的老职工都是好吃懒做、不干活的。但是实际上，国企中的这些老职工饱含着对国家、对企业的无限情谊，在中国工业化发展的路上，在国企建立和发展的过程中，无数的老职工用他们的兢兢业业，书写着对共和国的忠诚。在这里，我将写下老职工们的敬畏、信仰、追求以及他们所遇到的困境。

1. 老职工对工作的敬畏和虔诚

那时在工厂里，可以经常看到一些退休师傅身背一个竹筐，拾起每一个掉在地上的螺丝、螺帽、垫圈，等等，他们会将纱布洗净好作擦拭机床用。一些老师傅经常在工作之余修旧利废，搞一点小改小革，为工厂节约成本、提高效率，这都是司空见惯的。在没有奖金或奖金很低的年代，他们得到的最多就是几句表扬或者工会的一张奖状而已。职工们经常是满手老茧，有的人因为长期地浸泡在机油、柴油、汽油或一些化学物质里，皮肤粗糙，很多中青年职工早早就熬白了头发，过早衰老。有些工人由于长期地站、弯、压，很多人过早地驼背。有些工人由于长期地在粉尘、焊花、铁水、金属亮光或在光线不好的状况下作业，不少人早早就戴上了老花眼镜。有一些职工因工作原因得了胃病、风湿、腰腿疼的毛病。还有一些职工因工受伤而造成终生残疾。这些场面，都深深地感染着、教育着青年工人一直到他们自己成为老职工。

在地面上享受着阳光与月光的人们，你们可知道，每天的24小时里，有多少人在你们脚底下的几百米深处（矿井下面）肩负重荷，正在爬行？有多少工人还在高炉前、发电房、机器旁挥汗如雨。仅仅是“三班倒”的作业制，就令人难以忍受。从晚上零点到早晨八点是人最困的时候，但倒这个班的职工却要去从事紧张细致的工作，那可是丝毫不能出错呀，稍一不慎，手就可能放到冲床里边去了，衣服就卷到机床里去了，铁水就灌进鞋子里去了，起重机的吊钩就对不准位置了，那可就机毁人亡酿成大祸了！轻则破皮出血，重则断手断脚、房毁人亡，更不用说还要保证产品的质量了。这种条件下的作业几乎就容不得你不努力工作啊。

2. 老职工对工人阶级的荣耀感

就当时整个社会的主流话语来说，都给了工人阶级以光荣、自豪、使命的足够气场。政治待遇不用说：工人阶级是领导阶级，是党的阶级基础、是党全心全意依靠的阶级、是国家的主人；工人个人是企业的主人，是主人翁，国家要实现四个现代化，没有工业化就没有现代化，没有工人就没有工业化，这是多么简单的道理。

在当时，工人的经济待遇、社会待遇在全社会也是比较高的。例如，在粮食定量供应时期，工人的粮食供应有保证而且较城镇其他行业人员高。就全社会来说，工人吃饭有保证，粮食定量比别人都高。工人的工资虽然不高但是有保障，相对于农村人口的收入还是高了不少，经济是基础，工人工资的保障是其社会地位的保障，是其光荣感、自豪感、使命感的源头。尤其是在一些山区的矿山，不少工厂的福利在当时来说是很不错的。那些企业的工会一年到头很忙，工会委员们很有成就感。每到夏天，防暑降温是必不可少的，大凡稍有规模的企业，都有自己的制冷厂或棒冰厂，除此之外，还有人到处采购白糖、绿豆、西瓜，等等。因为那时没有空调，而政府对职工的防暑降温工作是非常重视的，上级几乎每年都会发文件要求做好这项工作，如果职工发生中暑的事情，领导可是要挨批评受处分的。一到春节前，就更加热闹了，尤其是改革开放后，不少厂矿企业条件较好，给工人发放的东西从大米、食油到鸡鸭鱼肉、香肠大豆等，应有尽有。

与今天能够考入大学一样，在计划经济时代，成为工人也是“天之骄子”的象征，在那个几乎没有大学可读的年代，工人成为了那个时代的“天之骄子”。有了一份工厂的招录通知书，生在农村的孩子就可以跳出“农门”，获得城市户口。而且，为了解决职工两地分居的困难问题，国家几乎每年都会给工矿几个“农转非”指标。因此，国营企业的单身男职工是社会上女青年追捧的热门对象，尤其受农村女青年与下乡女知青的青睐，这又从另外一个侧面抬高了国企职工的地位。

拥有城市户口，有比较完备的劳保制度，有粮食供应保障，有固定收入，有较好的福利以及终身雇佣制度，使国企中的老职工对自己的职业充满了自豪感，由于企业与自己的事业、生活高度绑定，老职工们对企业的感情要远远高于现在的年轻人，每当提起自己的工作和自己服务的工厂，许多老职工都是充满了荣耀感和自豪感，对企业的一切如数家珍。

3. 老职工自我价值实现的成就感

人之所有能够努力工作，其原因不仅有较高社会地位的追求，还有自我价值实现的成就感。干部参加劳动，工人参加管理与干部、技术人员、工人三结合的“两参一改三结合”形式，是“鞍钢宪法”的精髓。在这里，“主人翁”、“当家作主”得到了充分体现，人们的热情、智慧、聪明才智得到了较好的发挥，人们的工作积极性非常高涨，以人为本的精神在那里随处可见，“人力资源开发”曾经在中国的国营工厂有很好的体现。一个表扬、一张奖状、一本证书，能够给人以莫大的满足，有时能够让工友们争得面红耳赤，就像后来争奖金是一样的。如果用今天的眼光来看，既不能吃又不能穿要它何用？其实，这就与你在小学、中学读书的时候看中奖状的荣誉是一样的！这是不同的时代与教育背景、不同的社会环境与舆论氛围使然。

从“两参一改三结合”到“全面质量管理”建立 QC 小组的

年代，“三结合”的传统到20世纪80年代末期都保持着。在高炉前、木模前、产品前、机床旁，当然也有在会议室、检验科、生产科里边，经常可以看到人们三五成群，或高声或细语，各抒己见，最终拟出一个方案或“达成共识”，开始行动。这个过程有些是随机解决问题，有些是为解决问题相约而来，有的是有关部门召集起来为改进设计、工艺、材料、质量以及满足用户提出的要求而召开的会议。他们面对图纸、模型、产品零部件寻找问题、苦苦追索。有的师傅是从机床上应召而来的，有时候甚至来不及拭擦脸上的汗水就跑过来了。

对于这些工人来讲，工作对他们而言已经不仅仅是简单的谋生的手段，而是他们实现自我价值的通道。在工作中，他们能够找寻到技术的乐趣，能够获得能力的增长，能够得到他人的尊重和社会的认可，这也许也是他们之所以这么忘我工作的原因之一吧！

4. 老职工能否“从头再来”

社会上有一种声音，它们批评下岗职工在国企转型的过程中不会转变自身生产技能，不会转型“从头再来”。其实，这其中的许多声音是由于不了解国企老职工的职业特点，不了解他们的现实情况造成的。

“从头再来”是豪迈的。昔日的辉煌可以当作过眼烟云，荣誉证书可以付之一炬，下岗的老职工们当然也寄希望于从头再来。然而，对于相当一部分下岗的老职工来说，更多的是“时不再来”。眼神已经老花了，体力精力也差了，文化程度又低，当然，这些都不是主要的原因，要命的是这些下岗的老职工们没有技能，没有社会变革以后所要求的技能。对于相当部分的下岗老职工来说，一旦离开了他工作了几十年并且曾经创造过辉煌的岗位的话，那他就什么都不会了，就什么技术也没有了。

一部工业发展史，从简单协作到工场手工业再到工业革命，其中最具革命性的变革，就是“分工”，并因此形成了专业化、社会化的大生产，从而大大地提高了劳动生产率。分工精细是现代工业的一大特征，一个工人在生产流水线上永远只是重复那几个动作，正是从这个意义上说，工人被称为“机器人”，只是整个流水线上的一个工序或者工作环节，是一组动作的循环往复而已。现代化生产的要求是“专”，是一切围绕某道工序的“好”与“快”，以达到最高的效率。因此，每个人都要做“螺丝钉”，工人们被要求要像“钉子”一样钉在自己的岗位上：要做革命的螺丝钉，要干一行爱一行，要把自己的青春甚至生命献给祖国的“四个现代化”建设。这些，是对每个职工的基本要求。在某个岗位或者工序上，他们也许是最好的，他们像军人一样站好自己的岗，任凭风吹雨打，咬定青山不放松，是真正的战士。问题是当他们的青春与大部分生命贡献完毕以后，“从头再来”必然面临许多困难！有一句老话叫“力不从心”啊，当一些人批评下岗职工自己不能够“从头再来”的时候，这个原因也许是他们不知道的。

二、三股“灵风”

多数论著将国营企业改革分为三个阶段，即扩权让利与承包制阶段，建立现代企业制度和三年脱困阶段，国有经济战略性调整与国有资产管理体制改革阶段。在这个过程中，曾经刮起了三股“灵风”：即“一包就灵”、“一卖就灵”和“一股就灵”之风。

1. 第一灵——“一包就灵”

1978 年至 1992 年被称为扩权让利与承包制阶段。1987 年以后，承包制开始盛行。这是因为 1986 年 12 月国务院提出，要推行多种形式的经营承包责任制，给经营者以充分的经营自主权。当然，文件所谓的“推行”，其实在此之前许多地方都有试点或者已经实行了。1987 年 3 月，全国人民代表大会通过的政府工作报告明确提出：1987 年工作重点是完善企业经营机制，实行多种形式的承包经营责任制。1988 年 2 月 27 日，国务院发布《全民所有制工业企业承包经营责任制暂行条例》，文件称，制定并发布这一条例的目的是发展和完善全民所有制工业企业承包经营责任制，转变企业经营机制，增强企业活力，提高经济效益。1988 年 2 月 27 日，国务院批转国家体改委提出的《1988 年深化经济体制改革的总体方案》提出：按照发展社会主义商品经济的总目标，以落实和完善企业承包经营责任制，深化企业经营机制改革为重点。同时，改革计划、投资、物资、外贸、金融、财税体制和住房制度，加强对固定资产投资、消费基金和物价的管理，更好地促进国民经济持续稳定的增长。

到1987年年底，全国实行承包经营的各种国营大中型工业企业已达到总数的82%；国营大中型商业企业也达到60%以上。到1990年第一期承包结束时，全国有93%的全民所有制企业实行了承包经营责任制。该年，第一轮承包到期的预算内工业企业有3.3万多户，占承包企业总数的90%，并接着又开始了第二轮承包。

承包制以承包经营合同的方式，确定了国家与企业的责、权、利关系，一般是按照合同规定，以包死基数，确保上交，超收多留，歉收自补的原则进行。承包制改革的基本思路是所有权与经营权适当分离，明确企业是相对独立的商品生产者和经营者。政府有关部门同国营企业一对一地协商谈判，确定每年上缴利润的递增速度、比例或绝对数，然后实行"包死基数，保证上缴，超收多留，欠收自负"。最普遍的承包形式是"两保一挂"，即保上缴利税，保企业技改，企业工资总额与上缴利税按一定比例（一般为1：0.3至0.7，即上缴税利每增长1%，工资总额就增长0.3至0.7%）挂钩。承包制经过的历程大致是：滚动承包——部分全员承包——全员承包——全员资产承包。全员承包是承包制发展的鼎盛时期，讲求"横向到边，纵向到底"，全员资产承包是承包制发展的最高和最后阶段。

承包制的推行，在当时很快扭转了工业企业利润率连续下滑的局面。1987年实现利税比1986年增长9.9%，上缴利税比1986年增长6.7%。但是，承包制也给包括工人在内的社会群体带来了新的变化。

（1）承包制使职工雇佣意识大大增强

层层承包引起了职工思想上的重大变化，奖金越来越深入人心，"拿多少钱干多少活"的现象逐步蔓延，职工的主人翁意识淡化，雇佣意识明显增强。这是由于层层承包使职工开始意识到自己已经不是像以前所认识的那样在为国家、集体工作了，而是为一层层的承包人干活，所以在报酬上必须斤斤计较，给一份钱才干一份活，拿多少钱就干多少事。当然，这种情况在农村承包责任制实行的时候是没有的，农村初期的承包口号是“交够国家的，留足集体的，剩下的都是自己的”，因此，对农民来说，承包就是为自己而包，“主人翁”意识反而增强。在承包制以前，不少工业企业农忙的时候是要去支农的，以体现工业支援农业、工农一家亲，例如抢收抢种的“双抢”季节，各工业企业就会派出庞大的队伍下乡支农。后来农村实行承包制以后，这种支农活动就取消了。当工人们议论到这个问题时，就会说，以前支农是为集体，今天都分田到户了，是支援个人，我们还支什么农啊？

工人的雇佣意识明显增强这一情况，从外面是看不见的，它是一种思想观念上的变化，不在其中生产、生活或者不懂其中逻辑的人基本体会不到。其结果可能导致层层承包的部门或者职工都在尽可能地降低产品质量，而不是尽可能地提高产品质量。因为承包制的制度设计本身已经清楚地告诉人们，工人生产目的只是为上一个承包人而干活。

这个时期，“时间就是金钱”早已深入人心，为了节约时间（金钱），必须尽可能地提高产品数量以获取更多的劳动报酬，因此有的人会放松对产品质量的要求，毕竟节约时间的最便捷方法就是尽可能地降低产品质量。

承包制以后，许多企业出现了比较普遍的质量下降现象。其中的一个重要原因，就是生产 60 分（合格）产品还是生产 100 分（优秀）产品的问题，为了追求利润，有的人只生产 60 分的产品，甚至有的职工只顾想方设法糊弄敷衍应付，以获得最大的劳动报酬。但是对以质量为生命线的企业来说，这是一个生死攸关的问题。因此，承包制为企业的产品质量埋下了一个重大隐患，这可能是制度设计者所不曾料及的。例如：亏损企业亏损总额占盈利企业盈利总额的比重，1985 年为 4.2%，1995 年上升为 43.9%。1996 年 1—4 月和 1997 年 1—3 月甚至出现了亏损/盈利比例超过 100%，由此可见当时整个国家的工业净亏损的严重情况。

从时间点上看，国营企业效益逐渐下降，以至于最后陷入困境并提出三年脱困，就是从承包制开始的，尤其是第二轮承包以后。

（2）承包制的三大致命缺陷

承包制的三个致命缺陷是“短期行为”、“负盈不负亏”、将企业命运寄托在某个人身上。这三大致命缺陷也决定了承包制本身是“短期”的：

第一，承包制使许多国营企业陷于困境。

承包制设计的初衷本来是想实现所有权与经营权适当分离，但是，承包制实现“一对一”式的谈判，反而强化了政企不分。谈判的结果是只有激励没有约束，所有权和经营权是分离了，但所有者缺位，所有者不能约束经营者了。经营者滥用经营自主权谋取私利或小集团利益，普遍出现“内部人控制”和短期行为。往往是企业承包一轮，国有资产流失一轮，富了和尚穷了庙，使许多国营企业，包括大中型企业陷于困境。

国营企业陷于困境始于什么时候？从效益下滑的情况来看就是始于承包制。例如，1957 年国营工业独立核算企业的资金利税率曾达 34.7%，1978 年资金利税率为 24.2%，1988 年下降为 20.6%，1997 年进一步下降为 6.3%。国企效率滑坡，职工的收入就减少，社会地位就降低，这个影响是直接的。

第二，“短期行为”和“负盈不负亏”普遍存在。

承包本身并没有彻底解决政企不分的问题，不能有效地杜绝政府对企业的行政干预。承包指标不规范，讨价还价在所难免，而企业间的苦乐不均又破坏了平等竞争。由于国家向企业让利偏大，造成财政收入的收入弹性下降。加之承包者的短期行为，只注重本届承包者“确保上缴”，不考虑企业的长远发展，往往拼厂房、拼设备、拼资金、少投入，使企业后续发展无力。

由于承包制是“一包到底”，实际上每个职工都是承包者，因此大家都是“短期行为”，大家都对企业的资产不承担责任，所以大家的东西大家拿，对国家的资产“每天挖山不止”。因此，承包者的“短期行为”必然决定了承包制的“短期”或者“短命”。

第三，企业命运被寄托在承包人身上。

由于时间才过去不久，人们也许仍记得，在承包制实施期间，媒体经常登一些“一个能人救活一个企业”的故事，并且以此来制造“一包就灵”的神话，当时很多职工也为“一个能人救活一个企业”而欢欣鼓舞。但是后来人们渐渐发现了一个之前被忽视的重要问题，就是如果企业摊上了一个“坏人、庸人、懒人”呢？其结果只能是搞糟、搞乱、搞垮一个企业。因为“党委领导下的厂长负责制”毕竟还有党委的制度约束与监督，而这在承包制体制下却被弱化了。不少国企的许多困难都是几任承包者积累起来的，以至于积重难返，倒霉的是职工。

2. 第二灵——“一卖就灵”

这属于国企改制中的“抓大放小”阶段，有的地方刮起了一股卖企业之风，“卖光、卖断、卖彻底”，美之曰“一卖就灵”。“一卖就灵”存在以下几方面的问题：

（1）“一卖就灵”之风是在“抓大放小”的掩盖下刮起来的

1993年，党的十四届三中全会通过的《中共中央关于建立社会主义市场经济体制若干问题的决定》，在提出“十六字方针”即“产权清晰、权责明确、政企分开、管理科学”的同时，对小企业的改革作了如下的规定：一般小型国营企业，有的可以实行承包经营、租赁经营，有的可以改组为股份合作制，也可以出售给集体或个人。出售企业和股权的收入，由国家转投于急需发展的产业。文件同时还指出，当前国有资产管理不善和严重流失的情况，必须引起高度重视。严禁将国有资产低价折股，低价出售，甚至无偿分给个人。要健全制度，从各方面堵塞漏洞，确保国有资产及其权益不受侵犯。

1995年9月，中共十四届五中全会通过了《中共中央关于制定国民经济和社会发展‘九五’计划和2010年远景目标的建议》，提出新的国营企业改革思路，一是实行“抓大放小”战略，二是实施“减员增效”方针。所谓“抓大放小’”，就是要搞好大型企业，放活小型企业。搞好大型企业的措施之一则是所谓“减员增效”。而所谓放活小型企业，就是要采取“改组、联合、兼并、股份合作制、租赁、承包经营和出售等形式”。

因此，“抓好大的，放活小的”，就形成了后来人们概括的“抓大放小”的国营企业改革思路。“抓大”，即国家集中力量重点支持少数关系国计民生的国有大企业和企业集团，增强其在国内外两个市场的竞争能力；“放小”，即对数量众多的国有中小型企业，特别是国有小型企业，实施放开放活，允许其以不同形式转变为非国营企业。“抓大”，具体体现为国家分批分期对1000户关系国计民生的国有重点骨干企业在“三改一加强”（改革、改组、改造和加强管理）等诸方面给予政策重点支持；“放小”，具体体现为以多种形式对国有小企业进行改制，主要形式有：改组、联合、兼并、租赁、承包经营和股份合作制、出售等。总结起来，“放小”就是三个字——包、租、卖，以卖为主。

在后来的实践中，“抓大”很有成效，这已经由今天的国有大型企业集团的发展所证明。但是“放小”的另一手，其事态发展的情况是：十四届三中全会通过的《中共中央关于建立社会主义市场经济体制若干问题的决定》规定的小企业“可以出售”得到了难得一见的热烈拥护与落实，《决定》同时规定的“严禁将国有资产低价折股，低价出售，甚至无偿分给个人”在有的地方却形同虚设，有的地方掀起了一股“一卖就灵”之风，使“国有资产管理不善和严重流失的情况”更加严重。

（2）刹住“一卖就灵”之风

有时候，出卖企业与企业兼并是搅和在一起的，甚至有时候有的企业出卖就是打着兼并的幌子进行的。1989 年年底，全国只有 12 个产权交易市场（或产权交易中心）挂牌营业，而到 1993 年 10 月，全国已成立的产权交易市场则猛增到 170 多家。仅一年左右，就出售、兼并企业 2900 多家，转移存量资产 60 多亿元，1994 年第一季度就已超过 1 万家。

“抓大放小”式改革的核心问题，是公有产权的转让。其基本路径就是把原来的国有小型企业以及集体企业改变成非公有制企业。被改制企业的职工，或者被买主接收，成为私营企业雇工；或者下岗回家，进入失业人员阶层。

鉴于卖企业成风的情况，1998 年 7 月 10 日，国家经贸委发出《关于禁止出售国有小企业成风有关问题的通知》，要求各地全面准确地理解和贯彻落实党的十五大精神，采取多种形式进行国有小企业改制。绝不能把出售作为国有小企业改制的唯一形式。

1999 年 2 月 24 日，据新华社报道，国家经贸委、财政部、中国人民银行就部分地区在出售国有小型企业时出现的错误倾向联合发出《关于出售国有小型企业中若干问题意见的通知》。《通知》提出一系列规范性意见，要求各级政府及有关部门全面理解、正确贯彻党的十五大关于国有小型企业改革的方针，采取多种形式放开搞活国有小型企业；坚决制止出售企业之风，特别要制止名卖实送、半卖半送、逃废银行债务、拖欠税款和规避安置职工的错误做法；出售国有小型企业要按照国家法律、法规和规章操作，坚持公开、公平、公正的原则，严格控制出售企业的范围和数量，不得出售社会公益性企业和法律、法规规定不能出售的企业；要严格界定产权、评估资产、确认售价，保护债权人和企业职工的利益。

这个问题曾经引起了时任国务院总理朱镕基的高度重视，《朱镕基讲话实录》其中有一篇文章的题目就叫做《国有小企业改革不是“一卖就灵”》。关于这个问题，他有十几次讲话与批示。他说，我这里的调查报告“三个小时也念不完”，因此必须把这股风刹一刹。

不过，刹一刹“一卖就灵”风气的行动在当时没有取得较好成绩。为什么呢？因为当时有一种奇怪的理论，叫做“冰棍现象”理论。认为反正国营企业是亏损的，卖掉或者送人都一样，国营企业就像大热天中的冰棍一样，不被人吃掉也要化掉，今天不送，明天也就化没了。在这样的思想支配之下，“卖光、卖断、卖彻底”就是当时那股风的真实写照，其后果是“贷款被悬空，没人还债”，国有资产大量流失，形成了一部分先“富”起来的人群。与此相对应的是，企业都被卖掉了，还要职工干什么？于是，接着卖，这次是卖人，职工被“买断工龄”。而情况更加糟糕的是“散伙”，即没有任何说法就回家了。

3. 第三灵——“一股就灵”

在国企改革如火如荼进行的过程中，又刮起了一股“一股就灵”之风，而且当时的“一股就灵”之风刮得非常大。

1993年，通过宪法的修改，“国营”企业已经改成“国有”企业了：既然你已经不“营”了，为什么你还要去管它呢？因为还怀抱着“有”。在国有企业效益不好的情况下，如何管理国企这是一个麻烦事、是一个烫手的山芋。而且，通过买卖，说不定“坏事可以变成好事”。因此，就出现了“一卖了之”、“一股了之”，这可能是那时候地方政府能作出的“最佳选择”。因为以我之“有”，按照市场经济的法则，买卖之权或者股份处置之权当然在我。对一些效益不好的国有企业，通过改制，既处理了以前的呆账坏账，解决了以前存在的管理不善问题，也为企业树立了市场竞争的意识，对管理者来说也是一件好事。只是在改革的过程中出现了一些国有资产被侵占，老工人没有得到妥善安置的问题，这在当时也引起了不小的社会影响。

三、工人的力量在哪里

1. 跪与不跪的挣扎

20世纪90年代，当国有企业改革正轰轰烈烈地进行的时候，出现了一则大新闻，由中央人民广播电台播发以后，不少媒体都纷纷跟进，吸引眼球的标题几乎千篇一律，叫作“不跪的英雄孙天帅”！

事情发生在1995年3月7日，地点在经济特区珠海市南山工业区瑞进电子公司，事件主要人物是韩国女老板金珍仙和员工孙天帅。据后来记者采访孙天帅时孙天帅的回忆，当时的情况是这样的：

> 1995年3月7日下午3点多，正是工间休息时间，有几个员工趴在工作台上迷糊。那些日子大家为了加班，已经五天四夜没休息了。这时，韩国女老板带着翻译进来了，她一看有工人休息，顿时勃然大怒。她让工人下跪，工人不愿意，都站在那里愣着，见无人听命，她气得哇哇大叫，走到其中一个睡觉的女工面前，双手强摁着她的肩膀，并用脚踢她的腿，迫使其下跪。随后，她又去摁下一个员工，当她摁到第三个人时，其他员工见状只好陆续下跪。但是我认为在中国下跪是一件侮辱人格的事情，就没有下跪。她见我没下跪，就走到我面前让我跪，我当时非

常生气，我说，我凭啥给你下跪？她说，你不下跪就滚吧。我把凳子一摔就走了。

孙天帅是河南南阳邓州市十林镇的小伙子，1993 年高考落榜后南下打工，应该是当时工厂在场的 100 多人里面文化程度最高的了，法律意识比较强。他从月薪 300 元的普工开始干起，一步步做到装配工，质检工。就在下跪的前一天，车间主任告诉他被提拔为主管。因此，3 月 7 日是他当主管的第一天。月薪 1300 元的工作岗位，这对当时的企业打工者来说是一份不错的收入。孙天帅离开车间后，就拨打劳动局的电话投诉，为自己和工友们讨公道。后来，中央人民广播电台报道了此事，在全国引起很大震动。接着，珠海劳动局也介入调查此事，最终使韩国老板低下了头，答应了他提出的三个条件：就此事向全体员工道歉；结清工资；因不正当理由辞退的员工，要给予经济补偿。

离开后的孙天帅奔波于珠海的街头，1996 年还回到老家寻求发展。由于孙天帅“不下跪”的事迹经新闻媒体跟踪报道后引起了很大的反响，河南的许多企业愿意接收孙天帅到他们企业工作，郑州大学也表示愿意免试吸收他入学。《河南青年报》为此还做过一个整版的报道，其中上半版是关于他“不跪”事迹的报道，下半版是为他而做的求职广告。广告引来了不少欲吸纳他的企业，但是其中也不乏为追求新闻效应的“聪明”之士。

在媒体的运作下，郑州大学向孙天帅发出邀请，决定破格吸收他入学，学习企业管理专业，并免除四年的学费。1996 年 10 月 7 日，郑州大学现代管理学院专门为孙天帅举行了入学仪式。郑州大学学生处处长将“郑州大学”校徽戴在孙天帅胸前。郑州大学现代管理学院院长说，孙天帅可贵的气节正是我们民族的脊梁，他的行为正是我们这个民族所具有所表现所呼唤的，同时也是现今社会有些缺乏的，我们免费接收孙天帅入学，是对他这种不卑不亢的民族气节的推崇和彰扬。

孙曾经在大学期间要求入党，但是没有结果。上到大三的时候，他才发现自己和其他大学生的身份似乎不太一样，找学校问过后才发现，由于自己没有高考录取通知书，在学校连学籍都没有。后来，同学们都拿到了毕业证，他什么也没有拿到。没有大学文凭的孙天帅后来在求职路上屡屡碰壁。

从2001年到2004年，孙天帅先在郑州一家企业做企划，辞职后又开了一家面包店，忙活了大半年，却没能挣到多少钱，无奈把生意交给了亲戚。2004年年底，孙天帅得知大河报招聘发行主管的消息，这让他心里一动。孙天帅说，招聘启事要求的是大学本科学历，可自己虽然是本科，但没大学文凭，这让他心里没底。但孙天帅还是尝试着去报名，发行部门的领导特意约他谈话，安慰他“学历并不是最重要的，我们更看重的是实践能力”。最终，报社决定破格允许孙天帅参加招聘考试，被正式录用后，后来成了大河报发行中心金水四站的站长。

2. 国企工人的变化

让工人下跪确实是新闻，自从新中国成立以后，工人下跪这样的事情从来就没有听说过，简直不可思议。中国工人阶级是宪法规定的领导阶级，是中国共产党的阶级基础，是国家的主人翁，需要向谁跪下？曾几何时，全社会给了工人阶级以足够的使命、光荣与气场。为什么？劳动光荣，工人阶级是与最先进的生产力相联系的。当年无产阶级革命家邓中夏、毛泽东、刘少奇、李立三到长辛店机车厂、到安源煤矿，是怎样教工人识字，并且启发他们的阶级觉悟的呢？他们在黑板上写道：上面一横是天，下面一横是地，工人阶级就是中间那一竖，是顶天立地的人。如果顶天立地的人跪下了，那天不就塌了吗？

这个领导地位，早在1949年9月29日中国人民政治协商会议第一届全体会议通过的临时宪法——《中国人民政治协商会议共同纲领》里面就规定了。新中国成立不到一年，即1950年6月29日，中华人民共和国中央人民政府颁布的《中华人民共和国工会法》就指出，为“发挥工人阶级领导作用的职责”，特制定本法，同时对工会的性质、权利与责任、基层组织、经费等作出规定，明确工会有代表工人同企业订立集体合同和维护工人切身利益的广泛权利；有组织、教育工人拥护人民政府政策法令、积极搞好生产的义务。前面所述“鞍钢宪法”的“两参一改三结合”的制度，就表达了工人与干部、技术人员是平等的地位。《工业七十条》明确规定了职工在国营工业企业中的主人翁地位，并且对如何充分发挥群众的积极性作了许多具体规定，如规定建立和执行规章制度、技术革新、推广先进经验、办好企业都要依靠职工群众。

但是，当主人翁下岗之后，情况就大为不同了。前面所说的金老头所办的第一家国家二级企业，某水泵厂的“遗址”就让金老头感伤不已。去世之前，子女们带金老头去省外就医，回老家的高速路上要路过那家水泵厂，金老头执意要求下高速看一看原来的工厂。可是在这片熟悉的土地找了好半天，问了许多人才找到，发展的变化确实太大。原来的工厂已经淹没在四处的工地之中，工厂早已经成了废墟，厂房已经推倒，满目疮痍，仅存的办公大楼终于让他们找到了“遗址”，也许是经过了一番奔波，金老头大口大口地喘气，好不容易缓过神来，又开始不停地大声叹气。

其实，他们更想看到的是人，于是又接着寻找，最后总算找到了，在四处被高楼包围着的老宿舍区，还是那10栋平房，是20世纪60年代建设的。金老头被引到原来的供销科长家坐下，有热心的职工就赶紧着到各家喊门，当时在家的职工都被吆喝着赶来，屋子里挤不下去，只好站在门口与大家握手。

短暂的谈话中，金老头他们说到了一个下岗职工的情况，虽然是一则笑话，但也充满了心酸。说的是这个下岗职工偷了老乡一袋鸡饲料，准备养鸡，不料被老乡找到家里来了。夫妇哭诉家中没有饭吃，偷鸡饲料是为了拿来充饥。正巧家中无米，老乡感动，不但没要鸡饲料，还给了100元。

说到金老头，金老头创办的第二家企业其实也慢慢发生了变化，这家企业曾经被第一批授予国家二级企业，在20世纪80年代的时候人均利税就达到了一万元，产品行销全国，远销菲律宾、孟加拉、智利、秘鲁等国家。职工收入在当地的企业中是最高的了。厂子里有自己的报纸、广播与电视台，热闹非凡，在当地那曾经可是多少人向往的单位啊。

不过今非昔比，2002年的一天，该厂全体党员被请到市委党校办学习班。期间，党校院内停着两辆警车，有一些警察三三两两在教学楼外巡视。这种情况，可能是这所党校从1933年开办以来，80多年历史上的第一次。

这是一个特殊的培训班，都不知道应该称为什么班。因为党校的办学是非常规范的，有党校工作条例，这个条例随着形势的发展，也做过多次修改。从中央党校到地方党校，培训什么样的干部，如何培训，都有详细的规定。例如，有按照级别分的科、处、厅、省部级的学习班，也有按照学习任务分的学习班，如学习党的理论、学习贯彻党的代表会议或者党的中央全会精神，或者学习某个文件、某项新出台的政策的学习班，等等。

但是，像这样把一个工厂的党员集中起来，不分工人、干部、技术人员，不分基层、中层、高层，全部混在一起的班次，都成了一个单位的党员大会了，又何必拉到党校来办呢？

这个学习班首先是学习党章，强调“四个服从”，强调保持一致、一切听从指挥，强调组织性、纪律性、服从性，等等。厂所在市的市委书记亲自到会议讲话。接下来，市发改委、工信委、国资局等部门领导轮番上台动员。对出卖该工厂的方案作了一些描述，把必要性、重要性、紧迫性说得清清楚楚。不过其主题基本就是：资产——卖，职工——买（买断工龄）。

这家企业被卖掉以后，原来的资产就被重新瓜分了。原来工厂中间有一条公路，将工厂分开两边，一边是工厂，一边是宿舍。工厂被卖掉后，原来的工厂区自然成了房地产开发商的一块肥肉，这是全国各个城市中被卖掉的许多国有企业的普遍归属。国有企业中最值钱的是什么？这是谁都再清楚不过的事情了。时任国务院总理朱镕基在谈到安置下岗职工的时候，就多次讲过，他说你那里最值钱的不就是那块地吗？因为在二十世纪五十年代到七十年代，国企除了矿山、三线企业之外，大都不是在市中心就是在市郊区，在市中心的厂房的土地自然不用说；即使在当时的市郊区，现在不也是市中心了么？

现在，工厂公路的两边形成了鲜明的对比。原来厂房改成商品房的叫作“高档社区”，里面的房当然既新也好，在当地算是价格比较高的楼房，有围墙、大门、保安、花园等，一应俱全。原来的工厂宿舍区，由于都是老房子，再加上无物业管理，以前的花草早死了，全都是一幅破败不堪的景象。只有小区的树倒是倔强地越来越高，把原来的五六层高的楼房逐渐地掩盖起来了。这些住房，是在企业曾经蒸蒸日上的时候建设的，一般只有七八十平方米大。当时是按照工龄与各种指标综合评分来分配的，也曾经被争得不亦乐乎，许多人为了差一点点分数没有分到房而哭泣不已。如今，这些房子已经显得破烂不堪，与公路对面成为鲜明的对比。尤其是夜晚，那边“高档社区”灯火辉煌，这边老家属区里一片昏暗，鬼影疃疃。令人难以置信的是，老家属区半数单元都没有楼梯灯，黑黝黝的。今天的城市里面怎么还会没有电灯？原来是单元楼的住户们为了不要交那个分摊的梯灯费而自己断灯的。人们上下楼的时候必须带电筒，年轻人会赶紧掏出手机借助亮光。

由于小区路灯少，老家属区里不少尚能够走动的老职工都到马路对面去散步活动，参加早晚各一次的广场舞。平常，他们就围绕着自己的院子三五成群的聊天。到了做饭时间，就一个个回去了，吃完饭又一个个出来开始聊，就像上班一样准时。因此一进到院子，满目望去，皆是一片白头发，很难见到几个长着黑头发的年轻人。

厂里也有少数混得比较好的子女，竟然在公路对面的老工厂买了房子，有的就把父母接到那边去住了，这让这边的老人们羡慕不已。然而，即使到那边“高档社区”住的老人，也还几乎是天天往这边跑，因为他们以前的师傅、同事、战友、师兄弟们都在这边，他们的根在马路这边。

3. 老邹的自述

随着国企改革的逐步推进，不少原来的国有企业发生了大变化。那么人呢，那些国企职工怎么样了？上海支援小三线建设的老邹讲述了自己的经历：

1991 年，我带着全部积蓄 1000 元钱回到了上海。孩子正值读初中（在上海读到高中毕业），因为没有上海户口，每年“借读”的费用就需要 800 元，这点积蓄基本上就够交儿子的“借读”费。以后的日子得靠我自己打拼了。

本来，上海市对于“下放知青”、支援三线建设、支援内地建设的职工，有一个很好的政策，可以迁回上海落户。但是，其中附加了一个条件，差点把我家搞得家破人亡，当时的政策规定：迁回户口必须征得户籍里户主的同意（我在户籍室处曾看到过），这是一个让人“窝里斗”的文件。在此之前，父母是跟着我过的，当时工厂里分福利房，为了分到大套，父母把户口迁到我在内地的工作地点去了，这才分到了五人以上的大房子。现在我下岗、工厂散伙了，父亲又去世了，我就想把妈妈与我们一家三口的户口迁回上海。但是，此时上海老房产的户籍上的户主已经是我弟弟了，可是他死活就是不同意我们包括妈妈的户口迁入，这种情况在当时的上海还挺多的。无奈，从打嘴仗到采取武力，好几次差一点闹出人命，直到法院起诉才解决。为什么要经过户主同意呢？我至今想不通。但是，手心手背都是肉，妈妈始终对弟弟一家人非常宽容与疼爱。母爱的伟大让我惊叹，我甚至有时候觉得这种爱成为了一种愚蠢。

回上海后，我开始踩过三轮车，一天有 10 元的收入。也曾经在公路边上帮别人烤羊肉串，每月工资 300 元。还经人介绍去外资单位做筹建，谈好月工资 400 元，老板承诺正常营业后工资待遇是 1500 元。我没日没夜地干活，苦苦做了三个月，等到他们开业，我们干活的人却全部被老板炒掉了。

在夏天的时候，我还卖过赤豆汤。就是在家里煮好一大桶赤豆汤，放进冰块，配好白糖、芡粉，味道很不错。一桶赤豆汤用纱布盖好，一个大菜篮里装着汤匙和碗，要拎到徐家汇去卖。那里有一些大商场，摊位都是租给个人的。每当下午三四点的时候，摊位的人既要降暑也要补充能量，就会有人要吃，因此就有“卖”的商机。

卖赤豆汤的时候我一只手拎汤桶，一只手拎碗，走到每个摊位去推销，挨个地去问别人：“吃吗?”。有人对你不屑，有人给你冷眼，有人干脆不理你，当然也有人与你聊几句，再买上一碗。如果赤豆汤全部卖完，5 角钱一碗，30 碗左右，销售额 15 元钱，成本约一半，可赚七八元钱。在当时一个工程师月工资 113 元的情况下，这个收入已相当可观。不过，这种胜利归来的情况只是在买卖好的时候才有，如果下午下了一场雷阵雨而气温下降，那可就惨了，赤豆汤卖不出，全家就要以此当饭吃好几天了。

在上海开黑摩的拉客是我“经营”时间最长的行当，长达 10 年之久，一直到 62 岁。大概平均每月有 2000 元左右的收入，是家里日常生活的主要经济来源。凭着这份收入，我供儿子在上海读完了初中与高中。期间，我出过无数次交通事故，非常危险的就有两次。其中一次，我拉个客人在一个十字路口让环卫所的垃圾卡车撞出 20 多米开外，摔折了腿，打上石膏 3 个月。事故责任虽然是垃圾卡车违章负全责，但是我却得不到任何赔偿，是自己出的医疗费。

我对开“摩的”还是很有感情的，要讲开“摩的”的故事真是不少。有一次，一个男客报了要去的地方，我要他10元，他只肯出8元，我叫他“走人”，但后来他还是上了我的车。到了目的地后，我发现他是个“鱼摊”的老板，下车以后他叫“伙计”给我6元钱，然后就在边上看着我的反应，外加一副要扁我的凶相。识时务的我只好忍气吞声走人了之。这还是拿到钱的，甚至还有一分钱都拿不到的情况。我曾经把一个女客人拉到目的地以后，她说你稍候，我去取钱来给你，等会我还要回上车的地方去的。结果是一去不复返了，这种情况上海人叫被“放鸽子”了。

有一次，从商务楼里出来一位客人，挂金戴银像是一个腰缠万贯的老板。他让我去上海郊区某工厂拉几件东西回来，说等着要那货，让我快去快回，路费好说，回来给你。我快马加鞭，来回跑了大约60公里。按市场价他应给我100元钱，我为了想套他做以后的生意，就跟他要个“优惠价”80元。他听了以后的表情像是被这个“高价”吓坏了，说我无法无天，漫天要价。在打了一场嘴仗之后，他叫来3个“打手”模样的人让我走人。这老板拿出20元钱往车上一丢说，要不要随便。

有时候，纠纷不是我的，是客人的，我却也差点被搭了进去。一次一个客人叫我在某地跑个来回。没有想到他是去处理一桩三角债务的，我的客户被他的债主在光天化日之下拳脚相加之余，还被用西瓜刀在头上砍了3刀。我不但不敢出手相助，还要赶紧撇清关系，才得以脱身。现在想来还有些后怕。

其实开“摩的”是一个内容非常丰富的行当。为了保住一个好的“码头”，你不得不寻求“老大”的保护。刚开始白日不敢做，只好夜里做通宵，后来胆子渐渐大了，才敢于白天上路，但却时常有生意上的纠纷，为了抢客而大打出手的事情屡见不鲜。如果寻求到一个“老大”的保护，就可以由他出面提供保护并摆平事端，当然前提是得“上供”。

其实，最让我揪心的不是自己有多少辛苦，或者在外面所受的委屈，偏偏就是伟大的“母爱”，妈妈天天提心吊胆地为我担忧。每天我出门的时候，她都要千叮咛万嘱咐，那个眼神就好像我回不来似的；每当我“下班”，都能够看到站在窗口边的妈妈在眼巴巴地守候我归来，真是让人心碎不已！所以，我在外面出了事故或者伤痛，从来都是能瞒则瞒，绝对不敢吭声，连呻吟几句都不敢，生怕更加增添她老人家的担忧。那次摔折腿以后，妈妈死活不让我再开“摩的”了，不管我怎样哀求。最后我只好给她跪下，保证今后不会再发生事故，妈妈才流着泪勉强答应。

为了方便就业，我在原来单位开具了“零收入证明”，还在上海当地居委会加盖了公章，证明我生活无着落。由于是黑“摩的”，就要学会与交警打游击。被逮着的时候，我曾经多次给他们出示“零收入”的单位证明，但是人家说我们是执法的部门，所以你这证明对我们无用；有的说生活有困难去找民政部门救助，不是犯法的理由。只有一次得到过警察的体谅没有罚款，大部分时间都不管用。有一段非常时期，全市整顿治安，对“摩的”

布下天罗地网，除了交通警察以外，每个街还成立惩治队伍，火车站更是全面围捕，抓到就罚款500元，还给票据。因大部分都身着便衣，所以防不胜防，我三天竟被抓了两次，弄得“游击”都无法打。偏偏是入不敷出的情况，但是也只好“息业”一些时日。

有一天，我在电视节目中看到政府如何帮助下岗职工的报道，我非常幼稚地看到了“希望”，就开始写信求助。10余年里，我曾经多次给广播电台、电视台、市长信箱写信，也曾经拿着单位开具的“零收入”证明，上访过不少政府机关，从街道办事处到市政府信访办公室、上海市总工会、上海市社保局，等等，但是都只有回复，解决不了实际问题，回复的信函至今我仍然保存着。工夫不负苦心人，上访到第7年，也就是2004年7月，社区街道办给我发了每月300元的最低生活补助。

当时企业散伙的时候，没有给我们交社保，当然我们个人就更加没有能力交纳社保了。终于熬到了60岁，但是要补足之前的没有交纳的社保金，一共3万多元，才能够办理退休手续。退休以后最初每月领取的退休工资是880元，以后逐年增加，到现在有1300多元，算是开始安度晚年了。好在儿子已经自立，以后看病尤其是看大病，可能只有依靠儿子了。我现在有了一个孙子，天天看着他长大，也算是其乐融融。

四、国企老职工的心声

国企老职工中既有退休职工也有下岗职工，调查过程中我对一些退休职工做了专访，现在挑出几个有代表性的：

访谈一：

秦姨，64 岁，本地居民户口，1975 年师专毕业后被分配到当地一家国有大型纺织企业工作。一开始担任车间核算员，多年后得到了领导和大家的认可，被提拔为车间主任。在访谈中，她说道：

> 记得 1975 年刚参加工作的时候，我每月的工资是 39.5 元，到 1980 年以后工资涨到 50 元左右，后来职工的工资标准开始由企业根据自己的经营状况来提高工资，1998 年以后，我每月工资基本在 170 元左右。到 2003 年退休离开工作岗位的时候，我每月工资基本在每月 400 元。现在每月的退休金是 1300 元左右。
>
> 记得一开始，企业的经营状况还比较好，企业的管理也比较严格，但是到了 1985 年以后，企业的经营状况开始走下坡路，主要是产品在销售后总是不能及时拿到货款，企业还要给出差费派专门人员到外地追账。时间拖久了，一些我们给它货物的企业情况越来越差，甚至还有以破产为由拒付货款的。在这样的情况下，自己的销售人员又钻了企业的空子，据说部分收到的货款被销售人员和领

导收入私囊，贷款是否实际追回企业也不知道。

不过，企业依然是整车整车的产品拉出去销售，可是企业的账户却没有实际的货款收入。长期下去，企业的资金周转不开，没有钱购买原材料，企业面临停产的危险，就开始向银行大量贷款以维持企业的日常生产。到1998年左右，企业已经需要贷款给工人发放工资了。我2003年退休，退休不久后企业也最终破产倒闭。退休后，我自己到私人建筑公司找了一份当会计的工作，每月来贴补家用。随着年龄增长，打工越来越困难，而且医疗压力比较大，收入又比较单一，养老困难。希望国家和社会能够关心像我们这样经济比较困难，养老比较困难的国企老职工。

访谈二：

孙女士，58岁，1978年参加工作，是本地一家国有大型毛纺厂的下岗职工。她对我说了下面这些话：

我一开始工作还不是正式工，当时的工资也就是40元左右吧。工作到1986年转为正式的在岗职工编制。没多久，企业就开始走下坡路，经营状况变差，而且企业的管理也越来越松散。经常可以看到职工偷拿厂里东西的现象，虽然当时下班的时候门卫也会有简单的检查，胆小的害怕被发现就把自己偷拿的东西扔在警卫室旁边，胆子大的工人还是会将偷拿的东西带回去。记得厂里在1994年发生过一场大火，当时那场大火给企业造成了巨大的经济损失。那时厂里的经营状况已经很不景气，这场大火更是雪上加霜。慢慢到2000年以后，厂里基本都不能进行正常的生产工作，主要靠向银行贷款给工人发放工资。最终到2004年，企业破产倒闭，我们所有的工人也只能跟着下岗，下岗后也没有重新安排工作，只能去打工赚钱维持生活。

刚工作的时候，那时虽然工资比较低，但那时整个社会的整体消费水平比较低，需要购买的东西也比较少，生活还算可以。慢慢随着家庭的建立以及生养小孩，家里的经济负担慢慢加重，等到小孩都上学后，家里的经济特别紧张。而自己的工资就只有那么一点，孩子的爸爸当时没有固定的工作，也是靠打工来贴补家用，所以家里的经济状况一直不好。不过感到欣慰的是自己的儿子能够考上大学，现在有比较好的工作。虽然孩子现在生活上也会帮助我们老两口，但我们还是希望在自己还有能力赚钱的时候，做一些自己力所能及的工作来贴补家用。随着时间的推移，我们老两口的年纪越来越大，身体状况现在也不是很好，每月的医疗花费也是比较高的，不希望给孩子增加负担，希望政府能够多多关心和帮助我们这些国企老职工，能够让我们度过一个幸福的晚年。

访谈三：

张先生65岁，当年在本地一家肉联厂工作，后来由于市场体制的变化，企业宣布破产，最后张先生也破产了。在访谈中，他说道：

有工作的时候，我们家里的经济条件在当时社会上说还是算不错的，可是自从我和妻子都下岗之后，家里的经济就变得紧张起来。我们下岗之后每月只有很少的一点固定工资，但是要供子女上学，所以当时的家庭经济比较紧张，生活比较困难，只能靠自己去打工贴补家用。

现在我虽然办理了退休，但还是找了一个小区看大门的工作。因为自己身体比比较差，患有糖尿病，每个月花费在吃药上的费用挺多。我每个月的退休工资勉强够维持基本生活，所以希望国家能够让我们很好地养老，不希望给子女带来负担。

访谈四：

王芳，也就是前文中20世纪50年代从上海支援贵州建设的小姑娘，她详细地叙述了她退休以后的打工生涯，下面是她的自述：

我女儿大学毕业以后在当地一家中学教英语，受邓小平南方谈话春风的影响，下海去了珠海特区，经过多次跳槽，后来在一家旅行社工作。我1994年11月退休，退休后就投奔女儿，也开始了我的第二次创业。

刚刚去珠海的时候，我借住在女儿的员工集体宿舍里，和女儿睡一张双人床，我睡上铺她睡下铺，床铺旁边放着一个小柜子，我上下床时脚踩在柜子上就能够轻易上去。房屋前面有一排白兰花树，我们住在四楼，是最高楼层，楼下的白兰花树已经和房屋一样高了，花开季节，那个香味真好闻哦，每天早晨起来伸手就可以采上一大把。

我原计划是想做服装生意的，我在退休前的七年时间里，被调到工厂办的第三产业商场，做了七年的商场会计与服装经理（因为在此之前我在供销科做过材料会计），自己以为对服装行业是积累了一定经验。人们都说做自己熟悉的行业成功率比较高，所以我首选是做服装。我在上海、浙江等地有一些服装进货渠道，而且做服装资金周转快，不用太多的资金，我原来的那些供货商都会向我提供方便。这些是有利因素，当时我的身体状况很好，精力充沛，再做几年服装生意绝对没有问题。

于是，我开始市场考察。我问一些在宾馆租摊位的老板们，你们现在服装生意怎么样，好做吗？回答都说现在不好做啦，每个月都在亏损，房租都赚不回来。听说前几年服装生意很好做？老板说，那是，前几年生意真是好做，只要有好的服装再贵都能销售出去，我们都是卖高档服装，利润更高。要不是前几年赚了钱，现在是往外贴哦。铺子想转出去都没有人要。我问了几个老板都是共同的回答。接着我对一些百货公司进行考察，结果也一样。有时我还一个人悄悄地站在远处长时间观察，发现店家一两个小时都没有做成一单生意。顾客光临的很少，即便有也是看看而已。凭我做了多年服装的经验，这样少的客流量肯定赚不到钱。在百货公司外面的广场上，也有摆摊卖低廉服装的，客流倒是多，但那些服装都是便宜货，针对的销售对象是打工人群，那种服装利润微薄，做起来很辛苦，不是我这个年龄能做的。

我女儿曾经带我到服装老板摊介绍说，我妈以前在内地也是做服装行业的，现在退休来珠海看看是否再能做服装生意，那些老板听说我想做，都说把店铺转给我，还说肯定以最低的价格给你。于是，一下子好几个老板都凑过来要转让给我。看着他们争着转让，这种情况谁会接手啊！谁接谁亏损。

看来，我只能重抄旧业去打工做会计。没有想到，我找工作非常顺利，当时一家大医药集团公司在招聘会计，因为刚刚退休，一去应聘就被看中了。每月工资暂定2000元。上下班公司有交通车。招聘的同志问，你看这条件可以吗？我说可以。其实，哪里是可以啊，我的心砰砰跳啊，我强压住心中的狂喜。到了家里我把情况同女儿一说，我说工资暂定2000元，当时把我乐得嘴都合不拢。可不是吗？我退休前的工资每月才100多元，同样付出，这里可是2000元，什么概念啊？接近我在内地两年的工资啊！还是特区好。说是暂定，那么干得好以后还有得加？我得好好干。

第一单工作，查的是广州办事处的账，由于年数较长，乱七八糟的。我说你们查了多久啦？他们说，三个月了，无从查起。他们也埋怨说从没有见过这种账。我问，你是怎样查的？他们说，我们是根据会计事务所的方法一笔一笔列出。我大概看了看就明白了，我说，你们这样的查账方法是无法查出来的。你想啊，你在他们的账上列清单有什么用？我认为要想彻底查清，必须查它的总公司原始发票及出仓单，这是办事处进账的依据。出仓单，是办事处卖出产品的依据。如果这些单据没有的账，就不是真实的账，也就是说是假账。这种账，我们才要把它列出来。原始发票这三种单据都有编号，很好查的，我们只要按三种单据核对其编号、时间、名称、数量、金额，就一定能查出来，真伪定能分晓。通过这种查法，广州办事处的账我们才查了一个多月就理清了，原来说二个月，我们提前完成任务。

后来，我渐渐地要开始用电脑做账了，我就报名参加电脑培训班。我们老一辈的人，是没有学过汉语拼音的，我就学五笔字型，天天背字根，工夫不负有心人，后来我完全可以熟练地使用电脑做账。直到今天，我基本离不开电脑。

打工后面的七年，我跳槽到一家私企，做了财务主管，所以工资比较高。企业是做化妆品的，产品有面膜、配了中药的各种洗液，还有什么去除脸上痘痘、疤疤的。由于搞得比较早，产品销路很不错。老板夫妇俩是早在1980 年代初被内地一家大企业安排到特区建立办事处的，搞了几年，有了一些经验，更主要的是有了业务网，也许赚了第一桶金，就辞职出来自己办企业当老板了，这种情况在特区不少。后来，老板还在澳门买了房，作为投资移民获得了澳门身份，又在国外注册了一家公司，再回到国内办公司，摇身一变成为了外资企业，享受了三减两免的政策优惠。

我的优势是能够与人打交道，从工商局到税务局再到环保局，我都能够搞好关系，无数次的检查验收都被我对付过去了，多次罚款有的被我化解，有的减少，当然也少不了送礼。不过说老实的，真没有什么大的事情，只不过是过年过节的时候送一些购物卡，这是少不了的。主要的不在这里，在于能够把税收降到最低，也就是人们所说的“避税”，这就需要点本事了，需要非常熟悉税收政策，当然有做账的技巧，两本账是少不了的。据我所知，这是普遍的现象。怎么做账，当然属于商业秘密，就不在这里透露了，说起来也太复杂。更重要的是，私人老板能够放心地把经济大权交给一个不是他的家族的人，交给一个“外面人”长期地管理财务，关键是你的忠诚，由于我非常愿意打这份工，所以可以说对企业非常忠心，深得老板信任。

我从55岁退休以后，打工15年，一直到70岁，老板还不肯放我。实在是我身体出了一些状况，只好“忍痛”放手，因为此时老板开给我的工资是8000元，而当时我的退休工资才1500元。

访谈五：

老廖，高中毕业，1964年当兵，1969年退伍去到工厂。他能说会写，在部队的时候就是一支笔杆，经常写一些通讯报道，甚至还在军报发表过新闻报道。他对我说：

我来到工厂后先是做车工，不久就被工厂里的生产办公室新闻报道组（“文革”期间的称呼）抽去耍弄笔杆子去了。后来去到工会做了专职干事，把工厂的文体活动搞得风生水起、有声有色。但是，我的最大特点还是做思想政治工作。因为工厂工会的同志还要负担慰问病号，补助困难职工，调解职工之间或者职工家庭之间的矛盾，做做红娘，甚至还要操办一些红白喜事。久而久之，一些职工之间、职工家庭之间闹矛盾，一些职工因为病痛而痛不欲生，都指名道姓地要与我谈。我这个人有耐心，又有点“婆婆妈妈”的，很受职工欢迎。曾经有两次，我还作为别人的“儿子”，给孤寡老人送终，替老人准备寿衣，并且在老人过世后替老人洗澡换衣服。这是需要群众观点与感情的。

后来，我被调到车间担任车间的支部书记，仍然发挥了做思想政治工作的优势，我既能够坚持原则，又比较灵活。与工厂工会工作不同的是，车间的支部书记有时还要参加一些技术工作，主持一些紧急的大型的吊装、安装工程，在这个岗位上，我干了将近20年。有时候，人也看不出来，这个“婆婆妈妈”的人有时候还会认死理。那个时候工厂还没有被卖掉，在当地还是红火的时候，因为维护部门的利益，我还和厂长大干了几场。再后来，我觉得再干不下去了，就提出要提前内退，那年我57岁，然后就自己买社保。

我有一个儿子，是在广东中山工作，由于学的是美术，先是替别人打工，后来自己出来开了一家小小的广告公司，所以我就投奔儿子去了。这把年纪出来打工，工作是难找的，不过我终于还是找到了一份仓库保管员的工作，由于晚上要守仓库，倒是解决了住宿的问题。我不是一个“安分”的人，就在仓库里摆开了绘图板，分别在2004年、2007年有了两项小发明，并且申请了国家专利。

还真是天生我材必有用，凭着以前的经历与这两个专利，我又开始到处找工作，竟然被一位老板看中了，聘用我当他属下一家小家电生产公司的主管，实际上是经理，条件是把其中一个专利无偿地送给老板，其实也算是技术入股吧。虽然是没有分红，只拿工资，但是老板给我配备了一辆轿车作为回报。当以前的国企老同事纷纷到处找工打的时候，我已经发展得很不错了。多年之后，我有了自己名下的商品房。为了养老，前些年我还在市场里面买了两间店面，每月有4000元租金。2013年，我又申请到一项专利，叫地震预报器。

访谈六：

志强，一家老国营机械厂的总经理，企业改革后与人创办了一家公司，在访谈中他说：

我当时所在的水动力机械厂始建于1958年，到1959年，有职工400人，固定资产原值44万元，金属切削机床107台，实现利润4.8万元；1985年，有职工526人，固定资产原值331.8万元，完成产值300.10万元。产品主要有水电设备、塑料机械、工程机械、液压机械，是省机械工业重点企业，也是机械工业部水轮机自动调速器定点生产厂，主要产品是调速器。1984年、1985年分别为省部优质产品，产品曾经销售到全国26个省，也销售到印度尼西亚、马来西亚等亚洲国家。

1990年代以后，企业越来越不景气，这一方面有着国企存在的共同问题，另外一方面，当时水电建设是一个低谷，水轮机与水电调速器的市场不断缩小。

企业改制的时候，我是工厂的总经理。我们也曾经想了很多办法，例如在企业内部采取了划小核算单位、分厂独立承包、厂内银行责任制形式等做法，试图让企业在困境中生存下去。但是，由于存在的问题实在太多，光贷款利息都使我们喘不过气来。银行都是嫌贫爱富的，到最后都不肯贷款给我们。没有了流动资金，职工工资无法保证，产品材料款没有能力支付，销售款又得不到回笼。有些职工一家三代都靠国企生存，当时企业的退休职工就有好几百人，他们的工资、医保都成了企业的巨大负担。

后来我们学习山东的经验，采取了股份合作制的形式，每个职工出资2000元，但这样也很难让计划经济时期的国企与市场经济接轨，企业面临着倒闭的形势。市委、市政府也多次找我们企业召开会议，出路无非是兼并、重组、破产。还有一条就是请外来和尚念经，招商引资，政府给优惠政策。我们选择了“请外来和尚念经”这条路，就是找以前的业务合作单位，国内最大的水电控制设备集团进行“合作整改”。

哪知道，对方提出了一个我们根本没有想象到的计划，这与后来很多国企改制的路子相同，就是开发房地产，因为我们企业的地理位置靠近市中心，就计划把工厂搬迁到市里筹备建设的工业园区去，由市里重新建厂房，理由是从根本上解决了企业资金和银行还贷的问题。在全厂中层以上干部开会上，该设想受到大家的欢迎与赞同：赞成有一个自己的新工厂，赞同企业职工可以以优惠价购买新的商品房。该方案也获得了市委与市政府的批准。

没有想到的是，这个计划最后的结果是第一项房地产开发实现了，在原址90亩地上盖起了新楼房；第二项搬迁到开发区的计划却无法实现。因为账算下来，还清银行贷款、房地产开发投入、新工厂建设、搬迁费用等，谁都不愿承担，也没有能力承担。基本上就是一个骗局，企业只剩下一条路——破产。

企业要破产了，后续的问题就是设备变卖，全体职工买断工龄，按照每年420元，最长不超过30年的价格买断，即最多的职工只获得12600元赔偿。这个过程中，当然也有职工打出大幅标语抗议，有工人上访请愿，但是通过各个击破、恩威并施也很快平息下去了。我在最后的关头帮全体职工买了10年的社保，因此直到今天，职工们还是挺感激我的。

现在如果反思国企在转制过程中出现这样那样的问题，原因就在于在法律上没有根据，政策上没有保障，下岗职工安置不到位，国企老职工心寒。还有估计不足、没有经验又仓促上阵。所以，改革不是简单的几句话就可以实现的，必须考虑企业职工的切身利益，是否有利于人民群众，才能实现中国梦。

我当时还算年轻，心想凭自己的技术与管理经验，我就不能重新创业吗？当时我这个职务是可以有安排的，但是我选择了辞职。

辞职后，我找了工厂的五个骨干创办了合伙股份制公司，成立了一家电站设备有限公司，每人六万元入股。我负责组建公司及投入生产，一名工程师负责技术，其余四人搞销售。我知道关键环节在销售，他们原来都是工厂的业务骨干，以前的主要订单都是他们联系的。

仅仅36万元如何开办企业呢？我们找了一家更早倒闭的小国企（因为这个企业的党支部书记是我好朋友），每年10万元，包括房租和所有设备给我们用。通过与大学的研究所合作，我们采用了微机电脑新技术，把原来产品技术含量提高为自动化操控，把水电产品技术开发成微电脑控制，把原来的机械液压传动半自动升级为电脑全自动操作。由于生产、技术、销售有基础，第二个月，我们就把产品生产出来，产品在第三个月开始销售，企业逐步在正常运行之中。

但是，股份制合作不会一帆风顺，这时候出现了意见分歧，销售团队四人坚持要扩股去买地，盖厂房，重新购买设备。原因是当时工业区土地只要两万元一亩，他们这些人有资金可以扩股。而我当时全部家底也只有八万元钱，每人还需投入20—30万元，平均股份变成有高低之分。第二个原因是在利益分配上，他们坚持工厂给核算成本价，出厂的销售价他们要掌握，而企业利润只能从出厂价中产生。当时因为从国企辞职出来怕影响不好，我放弃了当法人的权利。由于公司股份构成四个搞销售的占多数，我的建议不能通过和采纳，他们想怎么干就怎么干。接下来，他们马上去投资购买了10亩地，紧接着盖厂房，购设备，大约需要60—70万元的再投入资金。他们坚持要走这条路，我只能提出退股，离开自己亲手创办的企业。

通过一年的辛苦努力，我办好了这个企业，但人算不如天算，销售人员都是企业的精英，走南闯北，见多识广，有心计。而我为人忠诚，所以被他们利用和算计了。老实说，当时如果我有50万，自己投资这个企业，我也就没有后面打工的这段经历了。但是现在看来，他们的做法是不错的。现在土地升值到20万/亩，固定资产也增值了，他们是有远见的，只是我没有钱扩股。谁掌握主动权谁就是赢者，胜者为王，败者为寇，这是我人生经历的最好一堂课。

退股后，我眼前只有一条路——打工。因为父母年岁已高，儿子上大学，而妻子退休工资只有几百元钱，上有老，下有小，生活如何解决？失业下岗无生活来源，从天上掉到地下。俗话说“虎落平阳被犬欺”，心里落差特别大，从管理人，做老总，要去重新打工，心里特别不能接受这个事实，但人总要生存，活着就要去奋斗啊！我能打好这个工吗？

朋友介绍我去上海发展，2002 年年底，我只身一人来到上海打工，从此走上了真正意义上的打工之路。上海是中国经济发展的标志。北、上、广、深是打工者集聚地，也是中国人才济济的地方。有一家生产水泵出口的美国公司约我面试，管理和实践当然没有什么问题。我管理过国企2000 多人，它那一个几百人的企业对我来说不成问题。但是有三个硬性条件我无法做到：懂外语（口语和书写），懂电脑操作管理，会开车。待遇是年薪 100 万元。可我们这代人就是缺这三个硬指标啊，于是我放弃了这次机会。

这次的面试使我认识到，外资企业我们这代人是跟不上了，我只有找民营和私有企业打工才能生存下来。朋友介绍我去一家浙江老板办的橱柜企业去当厂长。基于自己的经验和管理水平，我把企业生产搞得有声有色，老板年终奖发了 10000 元红包给我。但是这个企业规模太小，没有发展空间。私企的特点是家族性质，都是亲戚组成，我按国企方法管理行不通，思想上也达不到共识，与老板在企业宏观决策上根本弄不到一起，以至于工作无法展开。按他们的思路，企业无法做大做强，只能看到眼前利益和金钱。就这样我打工一年就离开了这家私有企业。

正好，有朋友介绍了一家香港上市公司在上海的分公司，要我去帮助做工程项目开发。在香港分公司工作五年，我逐渐学会了自己跑市场，谈客户，接工程，并且对橱柜行业有了一个全面深入的了解，对上市公司内部管理的好经验也是一个学习与提升的机会。

一个正规企业，从生产、设计、安装、服务要有一整套完善的流程和体系。工作中要相互配合和协助到位，要与协作的公司配合好。客户的满意度让我们的订单达到了每年成倍增长的效益和过亿的销售额。在这个企业，我与国内外的设计师接触较多，对他们设计的风格和水平了解不少，增加了许多知识，自己承接的项目每次都圆满完成，客户的投诉电话极少，心里有说不出的成就感和开心。

在这家公司打工的五年时间里，我真正体会到上市公司运作模式与其他私营企业有很大的差别，不论从管理上、产品质量上、交货时间上都严格按流程规范操作。我承接业务有底气，价格上也非常有竞争优势，甲方愿意给我们去做。规模化、标准化生产是大企业盈利的来源。何为品牌？是好的产品，好的质量，好的价格，好的服务。这样的产品就不会销不出去。市场经济规律就是这样，如果中国的企业都认真按市场经济规律去操作，认真负责地对待每个客户，让他们满意，赚钱是必需的。

回顾这五年的打工经历，我学到了许多知识，成熟了许多。好的企业让人有奔头、有干头。有时也非常辛苦，工地现场安装我每天上下跑，18 层楼没有电梯也得跑。

有时累得快餐也吃不下去，晚上上床就立刻睡着。有时与装修队在质量上发生争吵，有时因为现场人多，有几位安装师傅因东西被偷无法安装，双方差点打起来。送货安装几百套，几千套的橱柜现场工作量可大了，光搬货到每个房间也需要几十号人，好多天才能搬完。苦、累、酸、辣都经历和体会过。人生就是这样，当我们坐在办公室想管理、出方案，根本体会不到现场工人的辛苦和付出。

在2014年6月，我们在闵行区工业园区投资200万元，三人股份，大股东60%控股，我和另外一名股东各占20%。我们租赁了2000平方米的厂房，购买设备、招聘员工，于8月18日正式投入生产。我作为执行董事，全权负责公司产、供、销管理工作，重点抓产品销售。现在前程还不是非常明了，但是，再创业的梦想变成了现实，人生重新迈进美好的明天。

总结这几十年的人生经历，有酸，有苦，有泪……但更有甜和事业的成就感。我们50年代出生的这批人，有退休在家带孙子孙女的，有在部队转业回机关事业单位退休的，也有自学成长考上大学当教授的，像我这么大年纪在外打工的并不多，再创业的也不多，原来的同事都回到自己家里享受退休后那份清静和天伦之乐，而我的人生才刚刚开始。我从参加工作到下岗、创业、打工、再创业，几十年的风风雨雨让我深深体会到：为社会主义国企的发展、为祖国的建设发展，我们出了一份力，添了一片瓦一块砖，我们这代人对国家是有贡献的。人要有追求，不断学习，要有自己的梦想，热爱生活，创造生活，不要满足现状，要有自己的理想和信念，有理想的人才会有收获和人生的感悟。故事说也说不完，事业永无止境。我想中国社会的发展也是在特定的历史条件下发生翻天覆地的变化。

行文至此，本调查报告可以结束了，但是为什么会出这样的一个报告呢？来自一句话，叫做“渐行渐远”。我非常熟悉的这个群体——“国企老职工”，这些人都老了，有的已经过世，有的已经苍老，有的在不断老去，时间长了的话，人们将不再记得他们，所以称之为“渐行渐远”。但是，他们在共和国的历史上曾经创造过那么多的辉煌，为祖国的发展贡献了自己的全部青春甚至生命，没有这样的几代人，共和国又将是怎么样的呢？国企的功过是非问题，国企职工的好坏得失问题，已经争论了30年了，人们已经争累了，没有必要再争论下去了。但是，国企的老职工们应该有一个群体的雕像。这就是我选题的初衷。